趣味漢語拼音音節故事 **④**

掉隊的大雁

宋詒瑞 著

新雅文化事業有限公司
www.sunya.com.hk

音節法學拼音 識漢字

小朋友，你們都正在學習普通話吧？你是不是覺得普通話的發音和粵語的發音很不相同，每個字的發音很難記得住？

那麼，有什麼辦法可以幫助你更快學會每個字的發音，多認識一些漢字，並且說好普通話呢？有，有辦法！

這個辦法就是：用音節法來學會漢語拼音！

什麼是漢語拼音？

漢語拼音是一種記寫漢字讀音的方法。它使用 26 個字母來拼寫中文（字母順序與英語字母表一致），分為 21 個聲母和 35 個韻母，相拼成 402 個基本音節，每個音節用 4 種聲調來讀，就組成不同的漢字。

有了漢語拼音之後，學習漢字就變得容易多了，因為你用拼音就能讀準漢字。會漢語拼音是多麼重要啊！

什麼是音節法？

漢語中有很多字具有相同的音節，它們的聲調可能相同，也可能不同。譬如 ba 這個音節，常用的字就有「八、巴、吧、把、罷、爸、疤、霸、靶」等字，所以你看，你只要學會一個音節，就能學到很多常用字呢。我們這套音節故事書，就是把同一個音節的 8-12 個常用字精心地編寫在一個有趣的故事中，使你在看故事的同時，鞏固音節記憶，學到更多有用的漢字。

每個故事後面，我們還安排了一些有趣的漢語拼音遊戲——拼音遊樂場。試試做這些拼音遊戲，你就能牢牢地學會這些拼音和同音節的漢字了。

書中每個音節和故事都附帶普通話錄音，邊讀邊聽，你的漢語拼音和普通話水平將會有很大程度的提高。

目錄

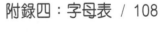

wān	wān	wān	wán	wán
彎	灣	豌	完	玩
wán	wǎn	wǎn	wǎn	wàn
頑	晚	碗	婉	腕

聆聽錄音

lì lì yǒu wèi

粒粒有味

yí gè xià tiān de wǎn shang　dà jiā zài yuàn zi li chéng liáng　tiān shàng guà
一個夏天的晚上，大家在院子裏乘涼。天上掛

zhe wān wān de yuè liang　cóng hǎi wān chuī lai xí xí liáng fēng　sì zhōu de chóng míng
着彎彎的月亮，從海灣吹來習習涼風，四周的蟲鳴

shēng wǎn zhuǎn dòng tīng
聲婉轉動聽。

liǎng ge wán pí de dì di zuò bu zhù　pǎo lái pǎo qù zhuī zhú zhe wán
兩個頑皮的弟弟坐不住，跑來跑去追逐着玩。

mā ma duān chu lai yí dà wǎn zhǔ wān dòu　yì yáng shǒu wàn　bǎ dà
媽媽端出來一大碗煮豌豆，一揚手腕，把大

jiā dōu zhāo le guò lai　hái zi men dōu qiǎng zhe chī　yí lì lì yuán gǔ gǔ de
家都招了過來。孩子們都搶着吃，一粒粒圓鼓鼓的

xīn xiān wān dòu qīng xiāng gān tián　hào chī jí le
新鮮豌豆清香甘甜，好吃極了。

6

不一會兒，一大碗豌豆便吃完了。大家還意猶未盡，舔着手指。大弟捧着肚子說：「啊，真是律律有味啊！」大家都哄笑起來，知道這個白字先生把「津津有味」讀錯了。

想不到他狡辯說：「這些豆不都是粒粒有味的嗎？我說得沒錯吧。」

音節寶庫

wang

wāng　wáng　wǎng　wǎng　wǎng
汪、亡、網、惘、枉、

wǎng　wàng　wàng　wàng　wàng
往、望、旺、忘、妄

聆聽錄音

wàng fū shí de gù shi
望夫石的故事

zhè shì ge xiǎo yú cūn　　yú huò mǎi mai xīng wàng
這是個小漁村，漁獲買賣興旺。

yú fū zhī hǎo le　yì zhāng xīn yú wǎng　chèn zhe tiān sè hǎo　　yào
漁夫織好了一張新魚網，趁着天色好，要

chū hǎi dǎ yú qù
出海打魚去。

qī zi quàn tā　　　hái shi míng tiān qù ba　　hěn kuài jiù tiān hēi
妻子勸他：「還是明天去吧，很快就天黑

le
了。」

yú fū shuō　　　wǎn shang chū lai mì shí de yú duō　　dǎ shang yì
漁夫説：「晚上出來覓食的魚多，打上一

8

網明天一早就可拿去市場賣掉。」

他往海邊走去，小狗汪汪地叫着送行，妻子惘然若失。

漁夫走向了死亡的路，再也沒有回來。

妻子懷中抱着嬰兒每天走到小山頂，向大海眺望。她知道這是枉然的，但還是天天去，妄想有一天孩子他爸爸會扛着沉重的漁網回來。

她忘不了他。日子一久，就成了這塊望夫石。

音節寶庫

wei

wēi wēi wéi wéi wěi
偎、薇、圍、惟、偽、

wěi wèi wèi wèi
尾、慰、為、味

聆聽錄音

láng de wěi zhuāng
狼的偽裝

yì qún xiǎo bái tù zài lín zhōng kāi lián huān huì　　tā men bǎ qiáng
一羣小白兔在林中開聯歡會，牠們把薔

wēi huā biān chéng huā guān dài zai tóu shang　chàng gē tiào wǔ
薇花編成花冠戴在頭上，唱歌跳舞。

yì zhī dà láng è de huāng　　tā wéi yī xǐ huan chī de shí wù jiù
一隻大狼餓得慌，牠惟一喜歡吃的食物就

shì bái tù　　rú jīn jiàn dao zhè me duō xiǎo bái tù jù jí zài yì qǐ
是白兔。如今見到這麼多小白兔聚集在一起，

chán xián yù dī
饞涎欲滴。

tā zhǎo lai yì zhāng yáng pí　　bǎ zì jǐ bàn chéng shān yáng de yàng
牠找來一張羊皮，把自己扮成山羊的樣

zi hùn jìn bái tù qún zhōng
子混進白兔羣中。

10

牠依偎着一隻白兔一起跳舞。白兔問：
「你身上有一股什麼味道啊？」

狼安慰牠說：「別奇怪，這是我與生俱來
的味道。」

白兔看見一條長尾巴從羊皮下露了出來，
吃驚地問道：「你是誰？為什麼有長尾巴的？」
小白兔們一聽，紛紛圍了過來，撕破了牠的偽
裝，把牠趕跑了。

11

音節寶庫

聆聽錄音

wen

wēn　wēn　wén　wén　wén
溫、瘟、紋、蚊、聞、
wěn　wěn　wèn
穩、吻、問

蚊子來了
wén zi lái le

　　白白胖胖的小男孩躺在牀上，睡得真甜。
bái bái pàng pàng de xiǎo nán hái tǎng zài chuáng shang　shuì de zhēn tián

　　一隻蚊子輕輕飛來，穩穩地停在男孩的小臉
yì zhī wén zi qīng qīng fēi lai　wěn wěn de tíng zài nán hái de xiǎo liǎn

蛋上，「吻」了他一下。
dàn shang　wěn le tā yí xià

　　男孩被蚊子叮醒了，叫喚道：「媽媽，有蚊
nán hái bèi wén zi dīng xǐng le　jiào huàn dào　mā ma　yǒu wén

子！」
zi

　　媽媽聞聲過來拍打：「叮了你嗎？疼不
mā ma wén shēng guò lai pāi dǎ　dīng le nǐ ma　téng bu

疼？」
téng

12

「不疼，有點癢。媽媽，被蚊子叮了會怎麼樣？」男孩問道。

「蚊子很不好，牠吸血時會傳染疾病，在人間傳播瘟疫。」媽媽溫和地解釋道。

「那我們該怎麼辦呢？」

「我們在屋子裏不要存着污水。蚊子多的時候要用蚊帳。」說着，媽媽給男孩牀上掛起一頂帶着花紋的漂亮蚊帳。

音節寶庫

WO

wō　wō　wō　wō　wǒ
窩、蝸、萵、喔、我、
wò　wò　wò　wò
臥、沃、握、齷

聆聽錄音

wō　niú　hé　qiū　yǐn
蝸牛和蚯蚓

wō niú hé qiū yǐn běn shì hǎo péng you　　tóng zhù zài yí gè wō li
蝸牛和蚯蚓本是好朋友，同住在一個窩裏。
wǎn shang tā men tǎng wò zài jiā　　bái tiān fēn tóu chū wài zhǎo shí
晚上牠們躺臥在家，白天分頭出外找食
wù　huí jiā hòu wō niú zǒng shì mán yuàn qiū yǐn　　nǐ dào nǎ li qù
物，回家後蝸牛總是埋怨蚯蚓：「你到哪裏去
le　zěn me nòng de zhè yàng wò chuò huí lai
了？怎麼弄得這樣齷齪回來。」
qiū yǐn shuō　　wǒ de shí wù dōu zài nà xiē wò tǔ li　　wǒ hái
蚯蚓説：「我的食物都在那些沃土裏，我還
chèn jī bāng nóng fū fān sōng tǔ rǎng ne
趁機幫農夫翻鬆土壤呢。」

蝸牛說：「你別去鑽泥土了，你看，那邊的蒿筍長得多好，綠葉嫩嫩的，很好吃呢。」

蚯蚓說：「喔，那是你的食物，不合我的胃口。」

蝸牛說：「這樣的話，我們只好分手了，我不喜歡骯髒的住所。」

牠倆握手告別，好聚好散，以後還是朋友。從此蝸牛背着自己的殼到處流浪。

音節寶庫

wu

wū wū wū wū wū
烏、污、誣、巫、屋、
wù wù wù wù
霧、惡、物、務

聆聽錄音

zhù rén de nǚ wū
助人的女巫

　　yí duì xiǎo xiōng mèi shī qu le mǔ qīn　　jì mǔ hěn kě wù　　zài
　　一對小兄妹失去了母親，繼母很可惡，在

fù qin miàn qián shuō tā men de huài huà　　yào tā men zuò chén zhòng de jiā
父親面前說他們的壞話，要他們做沉重的家

wù　　chuān wū zhuó de pò yī fu　　hái bù gěi chī bǎo
務，穿污濁的破衣服，還不給吃飽。

　　yí gè dà wù tiān　　jì mǔ lǐng tā men dào dà sēn lín qù　　pāo
　　一個大霧天，繼母領他們到大森林去，拋

qì le tā men
棄了他們。

　　xiōng mèi mí le lù　　zǒu jìn le yì jiān xiǎo wū zi　　yuán lái nà
　　兄妹迷了路，走進了一間小屋子，原來那

shì nǚ wū de jiā
是女巫的家。

傳說中女巫都是邪惡的人物，常常騎着掃帚飛來飛去，和烏鴉為伴，還裝神弄鬼欺騙人。

想不到這個女巫卻很和氣，她很同情兄妹倆，收留了他們。

她又施展法術把孩子的父親引到小屋來，讓父親知道繼母如何不善待孩子。父親聽了很難過，他把孩子領回家，趕走了壞繼母，從此他們三人過着快樂的日子。

17

一 將正確的音節和圖片連起來

wéi jīn	wān dòu	wén jù	wū guī

①   ②   ③   ④

二 請為以下的拼音標上正確的聲調

① 味道　wei dào

② 溫度　wen dù

③ 我們　wo men

④ 忘記　wang jì

18

| wū yún | tiào wǔ | yè wǎn | wán jù |

1 _____

2  _____

3 _____

4  _____

四 我會拼讀，我會寫

1 w + an = ☐   **2** w + ei = ☐

3 w + o = ☐   **4** w + ang = ☐

音節寶庫

xi

西、夕、犧、吸、蜥、
xī　xī　xī　xī　xī

息、溪、犀、嬉、洗、
xī　xī　xī　xī　xǐ

喜、戲
xǐ　xì

聆聽錄音

犀牛和蜥蜴
xī niú hé xī yì

別看犀牛這麼巨大粗壯，而蜥蜴只是條小
bié kàn xī niú zhè me jù dà cū zhuàng　ér xī yì zhǐ shì tiáo xiǎo

小的爬蟲，牠倆卻是一對好朋友。
xiǎo de pá chóng　tā liǎ què shì yí duì hǎo péng you

那天，夕陽西下，犀牛照例結束了一整
nà tiān　xī yáng xī xià　xī niú zhào lì jié shù le yì zhěng

天的野外覓食，要回家休息。
tiān de yě wài mì shí　yào huí jiā xiū xi

牠路過一條小溪，便走過去洗了個澡。牠
tā lù guò yì tiáo xiǎo xī　biàn zǒu guo qu xǐ le gè zǎo　tā

正要離開時，眼見一條兇惡的鱷魚正悄悄游
zhèng yào lí kāi shí　yǎn jiàn yì tiáo xiōng è de è yú zhèng qiāo qiāo yóu

近岸邊，而岸邊卻有蜥蜴一家在
水中嬉戲。犀牛知道，蜥蜴家最近添了兩個
小寶寶，全家萬分高興，一連幾天都在樂呵呵
的慶賀這件大喜事。

眼見自己的朋友將遇到危險，犀牛吸足一
口氣哞地大叫起來，蜥蜴爸媽聽到警告，急忙
帶着寶寶逃離水邊，免去了不必要的犧牲。

音節寶庫

xian

xiān xiān xiān xiān xián
先、仙、掀、鮮、鹹、

xián xiàn xiàn xiàn xiàn
嫌、現、獻、縣、餡

聆聽錄音

shàn liáng de zhāng shēng
善良的張生

gǔ dài yǒu gè xìng zhāng de qīng nián　　gū shēn yì rén　　zài jiā zhòng
古代有個姓張的青年，孤身一人，在家種

tián　shēng huó qīng pín
田，生活清貧。

yǒu yì tiān　　lái le yí gè yī shān lán lǚ de lǎo rén　　xiàng zhāng shēng
有一天，來了一個衣衫襤褸的老人，向張生

tǎo chī de　　zhāng shēng bǎ shǒu zhōng yì
討吃的。張生把手中一

wǎn cài tāng gěi le tā　　shéi zhī lǎo
碗菜湯給了他。誰知老

rén xián tāng tài xián　　bǎ fàn zhuō xiān
人嫌湯太鹹，把飯桌掀

fān le　　zhāng shēng méi yǒu shēng qì
翻了。張生沒有生氣，

chóng zuò le yì wǎn xīn xiān cài tāng gěi
重做了一碗新鮮菜湯給

tā
他。

22

第二天老人又來了，說要吃餡餅。張生把家中僅有的一些麵粉給他做了個菜餅，自己喝菜湯。

第三天，老人又來了，給了張生一本書就消失了。原來這是一位神仙，他在兩次接觸中發現張生忠厚善良，便贈給他一本天書。

張生發奮讀書，後來考到功名，先是當了縣官，後來升官到了京城，為老百姓辦好事，作了很多貢獻。

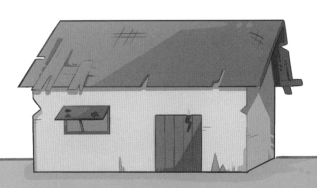

音節寶庫

聆聽錄音

xiang

xiāng xiāng xiāng xiāng xiáng
鄉、香、相、箱、翔、
xiáng xiǎng xiǎng xiàng xiàng
祥、享、想、向、巷、
xiàng
像

xiāng cūn shēnghuó
鄉村生活

zhè ge xīng qī tiān　　wǒ běn lái xiǎng dào gōngyuán qu　　bà ba tí
這個星期天，我本來想到公園去，爸爸提

yì　　　dài wǒ men dào　tā péng you wáng shū shu jū zhù de yí gè lí dǎo xiǎo
議，帶我們到他朋友王叔叔居住的一個離島小

cūn zhuāng qù wán
村莊去玩。

quán cūn méi yǒu dà jiē　　zhǐ yǒu jǐ tiáo xiǎo xiàng　　shù shí hù cūn
全村沒有大街，只有幾條小巷。數十戶村

mín men hù xiāng dōu hěn shú xī　　tā men shēng huó pǔ shí　　kāi lǎng lè
民們互相都很熟悉，他們生活樸實，開朗樂

guān　　tuán jié hù zhù　　xiàng shì shēng huó zài yí gè dà jiā tíng zhōng
觀，團結互助，像是生活在一個大家庭中。

24

村子靠山向海，樹木葱鬱，空氣清新。我們在海邊游泳，躺在沙灘欣賞彩色風箏在天空飛翔，又到果園和菜地採摘鮮果和蔬菜，盡情享受着這一天祥和的鄉村生活。

回家時，王叔叔還送我們一大紙箱有機蔬果。我對爸爸説：「原來香港還有這麼好玩的地方，下次我還要來。」

xiao

消、削、逍、囂、小、
xiāo xiāo xiāo xiāo xiāo

曉、孝、效、嘯、哮
xiǎo xiào xiào xiào xiào

聆聽錄音

入侵者是誰？
rù qīn zhě shì shéi

老農李伯每天破曉就起牀工作。今天他
lǎo nóng lǐ bó měi tiān pò xiǎo jiù qǐ chuáng gōng zuò　jīn tiān tā

起身一看，羊圈裏少了一頭小羊。
qǐ shēn yí kàn　yáng juàn li shǎo le yì tóu xiǎo yáng

也許是圍欄太矮了，李伯就削了一些木
yě xǔ shì wéi lán tài ǎi le　lǐ bó jiù xiāo le yì xiē mù

條，加固了圍欄。可是第二天早上，又發現少
tiáo　jiā gù le wéi lán　kě shì dì èr tiān zǎo shang　yòu fā xiàn shǎo

了一隻羊，新圍欄也被推倒，這個辦法無效。
le yì zhī yáng　xīn wéi lán yě bèi tuī dǎo　zhè ge bàn fǎ wú xiào

「是誰幹的呢？太囂張
shì shéi gàn de ne　tài xiāo zhāng

了，接連吃掉我
le　jiē lián chī diao wǒ

的羊！」李伯
de yáng　lǐ bó

氣得咆哮了。

兒子李仁很有孝心，決定自己來偵查此事，不讓偷羊者逍遙法外，讓父親消消氣。

晚上，他躲在家門口，遠處的狼嘯使他有些緊張，但他還是堅守着。

過了半夜，有個黑影跑進羊圈。李仁舉起斧頭砍了下去，仔細一看，入侵者原來是一隻狼。

27

對付人類的武器
duì fu rén lèi de wǔ qì

蠍子捕食後停下來歇歇，一隻螃蟹橫着爬過來。
xiē zi bǔ shí hòu tíng xia lai xiē xie, yì zhī páng xiè héng zhe pá guo lai

蠍子斜着眼問道：「你長得好奇怪呀，有些像是我們家族的樣子，可是又很不同。」
xiē zi xié zhe yǎn wèn dào: nǐ zhǎng de hǎo qí guài ya, yǒu xiē xiàng shì wǒ men jiā zú de yàng zi, kě shì yòu hěn bù tóng

螃蟹回答說：「是呀，我們都有螯和四對腳，可是我的身子不長，還有一個硬殼。」
páng xiè huí dá shuō: shì ya, wǒ men dōu yǒu áo hé sì duì jiǎo, kě shì wǒ de shēn zi bù cháng, hái yǒu yí gè yìng ké

蠍子說：「但是我有一樣致命的器械，你看，我的尾巴後邊有個毒鈎。」
xiē zi shuō: dàn shì wǒ yǒu yí yàng zhì mìng de qì xiè, nǐ kàn, wǒ de wěi ba hòu biān yǒu gè dú gōu

螃蟹不屑一顧，說：「用毒鉤來威脅別人？太血淋淋了吧。我只要用我的一對大螯，就足以把人們嚇退了。」

蠍子哈哈大笑：「你的大螯有什麼用？人們還不是照樣捉了你來吃。告訴你，對付邪惡的人類，就要用更厲害的武器！」

音節寶庫

聆聽錄音

xing

xīng xīng xīng xīng xīng
興、星、猩、惺、腥、
xǐng xǐng xìng xìng xìng
醒、省、幸、悻、興、
xìng
杏

lín zhōng dà zhàn
林中大戰

兩羣猩猩剛展開了一場奪權大戰，林中
腥風血雨，一片淒慘景象。

長尾幫的老幫主被打敗了，還斷了一條
腿，悻悻離開了牠的寶座——一棵大杏樹的樹
頂。在牠統治下的興盛時代已經過去了。

方臉幫這次很幸運，牠們偵查到長
尾幫白天發生了一次內訌，元氣大傷，

就趁星光燦爛的夜晚發動進攻。長尾幫睡眼惺忪地醒來，但是反抗已遲，死傷慘重。

方臉幫興高采烈，在大杏樹上大嚼一頓，以示慶祝。

長尾幫幫主退到一旁，深深反省這次失敗的原因，打算養精蓄銳，東山再起。

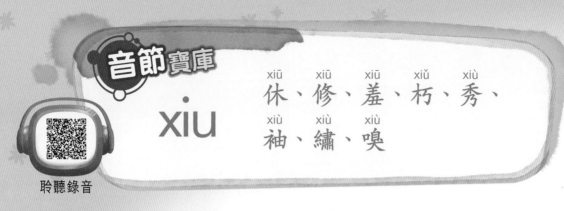

音節寶庫

xiu

xiū xiū xiū xiǔ xiù
休、修、羞、朽、秀、
xiù xiù xiù
袖、繡、嗅

聆聽錄音

姑姑退休
gū gu tuì xiū

wǒ de gū gu shì gè hěn pà xiū de kuài ji shī　　yí xiàng chén mò
我的姑姑是個很怕羞的會計師，一向沉默

guǎ yán　　mái tóu gōng zuò
寡言，埋頭工作。

xiǎng bu dào tuì xiū zhī hòu　　què kāi shǐ le tā de xīn shēng huó
想不到退休之後，卻開始了她的新生活。

tā yuán běn xǐ ài huì huà yì shù　　tuì xiū hòu qù jìn xiū le yí
她原本喜愛繪畫藝術，退休後去進修了一

gè cì xiù kè chéng　　cóng cǐ ài shàng le zhè mén jì shù
個刺繡課程，從此愛上了這門技術。

tā xué huì le shí zì xiù　　shuāng miàn xiù　　tiǎo huā xiù　　　　chú
她學會了十字繡、雙面繡、挑花繡……除

le néng xiù chu gè zhǒng dòng zhí wù hé rén wù de xiù měi tú àn　　hái néng
了能繡出各種動植物和人物的秀美圖案，還能

<ruby>把<rt>bǎ</rt></ruby><ruby>一<rt>yì</rt></ruby><ruby>些<rt>xiē</rt></ruby><ruby>不<rt>bù</rt></ruby><ruby>朽<rt>xiǔ</rt></ruby><ruby>的<rt>de</rt></ruby><ruby>世<rt>shì</rt></ruby><ruby>界<rt>jiè</rt></ruby><ruby>名<rt>míng</rt></ruby><ruby>畫<rt>huà</rt></ruby><ruby>逼<rt>bī</rt></ruby><ruby>真<rt>zhēn</rt></ruby><ruby>地<rt>de</rt></ruby><ruby>在<rt>zài</rt></ruby><ruby>布<rt>bù</rt></ruby><ruby>上<rt>shang</rt></ruby><ruby>重<rt>chóng</rt></ruby><ruby>現<rt>xiàn</rt></ruby>

把一些不朽的世界名畫逼真地在布上重現

<ruby>出<rt>chū</rt></ruby><ruby>來<rt>lai</rt></ruby>。<ruby>她<rt>tā</rt></ruby><ruby>繡<rt>xiù</rt></ruby><ruby>的<rt>de</rt></ruby><ruby>玫<rt>méi</rt></ruby><ruby>瑰<rt>gui</rt></ruby><ruby>花<rt>huā</rt></ruby><ruby>十<rt>shí</rt></ruby><ruby>分<rt>fēn</rt></ruby><ruby>嬌<rt>jiāo</rt></ruby><ruby>媚<rt>mèi</rt></ruby>，<ruby>令<rt>lìng</rt></ruby><ruby>人<rt>rén</rt></ruby><ruby>禁<rt>jīn</rt></ruby><ruby>不<rt>bu</rt></ruby><ruby>住<rt>zhù</rt></ruby>

出來。她繡的玫瑰花十分嬌媚，令人禁不住

<ruby>要<rt>yào</rt></ruby><ruby>湊<rt>còu</rt></ruby><ruby>上<rt>shàng</rt></ruby><ruby>去<rt>qu</rt></ruby><ruby>嗅<rt>xiù</rt></ruby><ruby>一<rt>yi</rt></ruby><ruby>嗅<rt>xiù</rt></ruby>。<ruby>她<rt>tā</rt></ruby><ruby>的<rt>de</rt></ruby><ruby>作<rt>zuò</rt></ruby><ruby>品<rt>pǐn</rt></ruby><ruby>深<rt>shēn</rt></ruby><ruby>獲<rt>huò</rt></ruby><ruby>好<rt>hǎo</rt></ruby><ruby>評<rt>píng</rt></ruby>。

要湊上去嗅一嗅。她的作品深獲好評。

<ruby>新<rt>xīn</rt></ruby><ruby>年<rt>nián</rt></ruby><ruby>前<rt>qián</rt></ruby>，<ruby>她<rt>tā</rt></ruby><ruby>把<rt>bǎ</rt></ruby><ruby>我<rt>wǒ</rt></ruby><ruby>們<rt>men</rt></ruby><ruby>家<rt>jiā</rt></ruby><ruby>所<rt>suǒ</rt></ruby><ruby>有<rt>yǒu</rt></ruby><ruby>女<rt>nǚ</rt></ruby><ruby>士<rt>shì</rt></ruby><ruby>的<rt>de</rt></ruby><ruby>新<rt>xīn</rt></ruby><ruby>衣<rt>yī</rt></ruby>

新年前，她把我們家所有女士的新衣

<ruby>袖<rt>xiù</rt></ruby><ruby>子<rt>zi</rt></ruby><ruby>都<rt>dōu</rt></ruby><ruby>繡<rt>xiù</rt></ruby><ruby>上<rt>shang</rt></ruby><ruby>了<rt>le</rt></ruby><ruby>精<rt>jīng</rt></ruby><ruby>美<rt>měi</rt></ruby><ruby>的<rt>de</rt></ruby><ruby>花<rt>huā</rt></ruby><ruby>邊<rt>biān</rt></ruby>。<ruby>我<rt>wǒ</rt></ruby><ruby>們<rt>men</rt></ruby><ruby>真<rt>zhēn</rt></ruby><ruby>是<rt>shì</rt></ruby><ruby>近<rt>jìn</rt></ruby><ruby>水<rt>shuǐ</rt></ruby>

袖子都繡上了精美的花邊。我們真是近水

<ruby>樓<rt>lóu</rt></ruby><ruby>台<rt>tái</rt></ruby><ruby>先<rt>xiān</rt></ruby><ruby>得<rt>dé</rt></ruby><ruby>月<rt>yuè</rt></ruby><ruby>啊<rt>a</rt></ruby>！

樓台先得月啊！

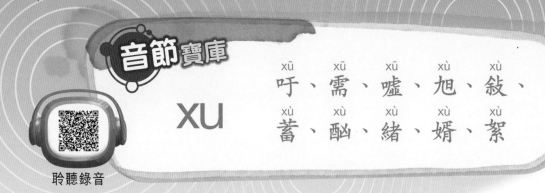

音節寶庫

XU

xū xū xū xù xù
吁、需、嘘、旭、敍、
xù xù xù xù xù
蓄、酗、緒、婿、絮

聆聽錄音

lí jiā chū zǒu
離家出走

xiǎo huá de qíng xù huài tòu le　　bà ba yòu xù jiǔ le　　huí jiā
小華的情緒壞透了！爸爸又酗酒了，回家

hòu mā ma hé tā dà chǎo yì chǎng　shuō tā xù yì ràng tā shēng qì　　wài
後媽媽和他大吵一場，說他蓄意讓她生氣，外

pó yě zài yì páng xù dao shuō tā zhè ge nǚ xu shì gè bú fù zé de nán
婆也在一旁絮叨說他這個女婿是個不負責的男

ren　xiǎo huá hěn shāng xīn　　tí qǐ bèi bāo lí jiā chū zǒu le
人。小華很傷心，提起背包離家出走了。

tā suí biàn zuò shang yí liàng bā shì
他隨便坐上一輛巴士，

dào le zhōng diǎn zhàn biàn zuò zài dì shang dǎ
到了終點站便坐在地上打

dǔn　 yè shēn le　　tā dǔ zi è le　　yě
盹。夜深了，他肚子餓了，也

34

感到冷了。這時他很懷念媽媽平時噓寒問暖的溫柔聲音，他多麼需要一碗熱湯和香噴噴的飯菜啊！

　　直到旭日東升，一位警察發現了他，小華敍述了離家的經過。警局通知了他的父母，他們氣喘吁吁地趕來，摟着他大哭。小華這才知道：父母還是很愛他的，他不應該離開他們。

一 請選出正確的拼音 ✔ ▲

1
- [ ] tuō xié
- [ ] tuō xiè

2
- [ ] xǐng xing
- [ ] xīng xing

3
- [ ] xiǎo xī
- [ ] xiǎo xīn

4
- [ ] wǔ jiǎo xíng
- [ ] wǔ jiǎo xīng

二 請為以下的拼音標上正確的聲調 ∨ ／ 一 丶 ▲

1 新鮮　xīn xian

2 相信　xiang xìn

3 寫字　xie zì

4 幸福　xing fú

三 讀一讀，找出符合圖片的拼音寫在方框內

| dà xiàng | xiǎo māo | xī guā | xiāng jiāo |

①

②

③

④

四 我會拼讀，我會寫

① x ＋ i ＝ ▢

② x ＋ ian ＝ ▢

③ x ＋ ie ＝ ▢

④ x ＋ iu ＝ ▢

ya

押、壓、椏、鴨、芽、
崖、衙、啞、雅、呀

聆聽錄音

啞巴丟了鴨子

一個啞巴丟了一隻鴨子，懷疑是鄰居劉四偷的。他越是這麼想，就越覺得劉四可疑，便去衙門告狀。他用手比劃着總算把事情說清楚了。

劉四被押到衙門，判官見這人溫文爾雅，是個讀書人的樣子，不像會偷東西呀，而且也

沒證據，審問後便放了他，案子就壓了下來。

過了一天，啞巴去山上砍柴，忽聽到呷呷的叫聲。他循聲尋過去，只見自己家的那隻鴨子跌落在山崖一棵大樹的枝椏上，原來牠到山上遊逛，不小心跌下山崖，靠吃嫩芽活了兩天。

啞巴把鴨子抱回家，現在他再看到劉四，就覺得他完全不像偷東西的人了。

yan

yān	yān	yán	yán	yán
淹	憨	嚴	岩	炎

yán	yán	yàn	yàn	yàn
沿	檐	豔	雁	燕

聆聽錄音

diào duì de dà yàn
掉隊的大雁

dà yàn shì yì zhǒng hòu niǎo   yán dōng lái dào zhī qián   tā men
大雁是一種候鳥，嚴冬來到之前，牠們

chéng qún jié duì fēi dào nán fāng qù bì hán děng dào chūn nuǎn huā kāi   bǎi
成羣結隊飛到南方去避寒；等到春暖花開、百

huā zhēng yàn shí   tā men jiù yán zhe yuán lù fēi huí lai
花爭豔時，牠們就沿着原路飛回來。

yǒu yí cì   duì wǔ qǐ chéng fēi qù nán fāng shí   yì zhī chì
有一次，隊伍啟程飛去南方時，一隻翅

bǎng shòu shāng fā yán de dà yàn bìng yān yān de   miǎn qiǎng gēn zhe duì wǔ
膀受傷發炎的大雁病懨懨的，勉強跟着隊伍

fēi   fēi bu duō jiǔ tā jiù chēng bu xià qu le   tíng luò zài yì jiā wū
飛，飛不多久牠就撐不下去了，停落在一家屋

yán xià   xìng kuī dé dào yàn zi yì jiā de zhào gù   xiū xi le bàn tiān
檐下。幸虧得到燕子一家的照顧，休息了半天

hòu jiē zhe shàng lù
後接着上路。

fēi yuè yí gè dà hú shí tā tài lèi le　diào zài hú li　chà
飛越一個大湖時牠太累了，掉在湖裏，差

diǎn bèi yān sǐ　xìng hǎo liǎng zhī qīng wā gǎn lái　bǎ tā tuō dào yí kuài
點被淹死，幸好兩隻青蛙趕來，把牠拖到一塊

dà yán shí shang　tǐ lì huī fù hòu　tā jì xù fēi xíng
大岩石上。體力恢復後，他繼續飛行。

suī rán diào duì hòu de lǚ chéng shì gū dú de　jiān xīn de　dàn
雖然掉隊後的旅程是孤獨的、艱辛的，但

shì tā jiān chí xià lai　zuì zhōng guī le duì
是牠堅持下來，最終歸了隊。

yang

央^{yāng}、秧^{yāng}、鴦^{yāng}、楊^{yáng}、揚^{yáng}、
羊^{yáng}、洋^{yáng}、陽^{yáng}、仰^{yǎng}、漾^{yàng}

聆聽錄音

好學的小牧童
hào xué de xiǎo mù tóng

王小二雖然年紀小小，已經要協助家裏工
作。

每天早上，他就趕着一羣羊去吃草。他喜
歡到河邊去，那裏河水清澈，碧波盪漾，岸邊
楊柳成蔭，河中央鴛鴦戲水；河水灌溉
着稻田，田裏秧苗茁壯。

羊羣吃飽後，懶洋洋地躺在草地上曬太陽，不會亂跑。但是，王小二卻沒有閒着，他掏出借來的課本認真地讀起來，還用樹枝在地上寫寫畫畫，如此這般，竟也學完了好幾本書。

讀書讀累了，他也躺下來，仰頭望着藍天，編織着自己的美夢。

該回家了，只要他一吹哨子一揚手，羊羣就乖乖地跟着他回家了。

音節寶庫

yao

yāo	yāo	yāo	yáo	yáo
妖	要	腰	遙	謠

yáo	yǎo	yǎo	yào	yào
窯	杳	咬	要	鑰

聆聽錄音

xiōng dì chú yāo

兄弟除妖

cūn li chuánshuō yáo yuǎn de dà shānshang chū xiàn le yí gè yāo guài
村裏傳説遙遠的大山上出現了一個妖怪，

bàn yè xià shān lái mì shí yǒu hǎo jǐ jiā de jiā chù bèi yǎo sǐ le
半夜下山來覓食，有好幾家的家畜被咬死了。

xiōng dì liǎ xiàng fù qin yāo qiú qù shānshang chú yāo fù qin shuō
兄弟倆向父親要求去山上除妖。父親説：

nà shì yáo yán bù kě xìn
「那是謠言，不可信。」

gē ge jué xīn yào qù tàn ge míng bai kě shì tā yí qù jiù yǎo
哥哥決心要去探個明白，可是他一去就杳

wú yīn xùn
無音訊。

44

弟弟在腰間佩了一把大斧頭，勇敢地上了
山。半路見到一位老婆婆，求他把她背過河。

弟弟毫不猶豫這樣做了，老婆婆送他一把鑰
匙，說會對他有用的。

弟弟上到山頂，看見一個大窰洞，洞口有
大鐵門鎖着。弟弟用鑰匙打開鐵門，看見哥哥
被捆綁在內，一個大山妖正倒地呼呼大睡。兄
弟倆用斧頭砍死了山妖，為村民除了大害。

ye

椰、爺、也、野、頁、
葉、業、夜、液

yē yé yě yě yè
yè yè yè yè

聆聽錄音

jiā xiāng de yē zi shù
家鄉的椰子樹

wǒ jiā zài nán fāng de hǎi nán dǎo　　nà li shèngchǎn yē zi shù
我家在南方的海南島，那裏盛產椰子樹。

jì dé tóng nián shí　　měi tiān yè wǎn　　wǒ men zuì ài zuò zài yē
記得童年時，每天夜晚，我們最愛坐在椰

zi shù xià tīng yé ye jiǎng gù shi
子樹下聽爺爺講故事。

yé ye jiǎng xiǎo dǎo de lì shǐ　　jiǎng shì jiè hé zhōng guó de gù
爺爺講小島的歷史，講世界和中國的故

shi　　dàn tā jiǎng de zuì duō de　　shì yē zi
事，但他講得最多的，是椰子。

tā shuō　　yuán běn dǎo shang de yē zi shù dōu shì yě shēng de
他說，原本島上的椰子樹都是野生的，

hòu lái yǒu rén zhuān mén kāi pì le yē zi lín　　yē zi yuán　　dà miàn
後來有人專門開闢了椰子林、椰子園，大面

積集中種植，引進了科學管理，產量才大幅提
高。爺爺還說，椰子渾身是寶，果實可吃，椰殼
是工業原料，連樹葉和樹幹也可利用。現在島
上有很多椰子加工廠，無論是固體的或
是液體的椰子產品都很受歡迎。椰
子種植業已經掀開了新的一頁。

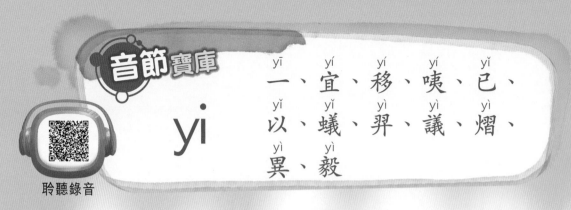

音節寶庫

yi

yī 一、 yí 宜、 yí 移、 yí 咦、 yǐ 已、
yǐ 以、 yǐ 蟻、 yì 羿、 yì 議、 yì 熠、
yì 異、 yì 毅

聆聽錄音

后羿射日
hòu yì shè rì

huà shuō zài hěn jiǔ zhī qián　tiān shàng yǒu shí gè tài yáng　měi tiān
話說在很久之前，天上有十個太陽。每天

tā men yì qǐ yì yì fā guāng　zhào de dà dì yì cháng chì rè　tǔ
它們一起熠熠發光，照得大地異常熾熱，土

dì gān liè　dòng zhí wù men dōu shòu bu liǎo zhè rè dù　lián zuì qín láo
地乾裂，動植物們都受不了這熱度，連最勤勞

de mǎ yǐ dōu duǒ jìn dòng li　dà jiā dōu yì lùn fēn fēn　shuō zhè yàng
的螞蟻都躲進洞裏。大家都議論紛紛，說這樣

48

下去只有死路一條，有些
動物已經開始滅絕了。

有個射手竟勇敢地拿起弓箭向太陽射去。

咦，他是誰呀？原來是神射手后羿。他決心
拯救眾生，射下了一個又一個太陽，累得精疲
力盡，但他很有毅力，堅定不移，終於射下了
九個太陽，保留了一個。

一個太陽的溫度正適宜孕育萬
物，從此以後大地又恢復了生機。

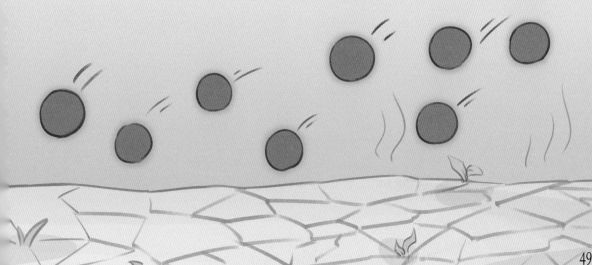

音節寶庫

聆聽錄音

yin

yīn　yīn　yīn　yín　yín
因、茵、蔭、吟、齦、

yǐn　yǐn　yǐn　yǐn　yǐn
引、飲、蚓、隱、癮

zhù　yá　le
蛀牙了

xiǎo kāng zuì　xǐ huan chī táng guǒ　yǐn　qì shuǐ　　měi tiān qǐ mǎ yào yǐn
小康最喜歡吃糖果飲汽水，每天起碼要飲

yí guàn　　yǒu shí hái yào liǎng sān guàn　　yì tiān bù hē jiù nán shòu　　mā
一罐，有時還要兩三罐，一天不喝就難受，媽

ma shuō tā　hē chū yǐn　lái le
媽說他喝出癮來了。

nà tiān　　xiǎo kāng hé tóng xué zuò zài lù cǎo rú yīn de shù yīn
那天，小康和同學坐在綠草如茵的樹蔭

xià yě cān　　xiǎo kāng bù jǐn hē le liǎng guàn qì shuǐ　hái chī le nà zhǒng
下野餐。小康不僅喝了兩罐汽水，還吃了那種

xiàng qiū yǐn yí yàng de guǒ zhī xiàng pí táng　　xiǎo kāng jiào tā　zuò chóng chóng
像蚯蚓一樣的果汁橡皮糖，小康叫它做蟲蟲

táng　　shì tā de zuì ài　　tā lián chī le sān dà gēn
糖，是他的最愛，他連吃了三大根。

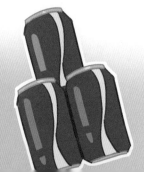

50

不好了，晚上小康的牙齦就隱隱作痛，後來連牙齒也痛了起來，痛得他不住呻吟。

媽媽帶他去看牙醫。醫生說：「你的牙痛是蛀牙引起的，蛀牙的原因是吃了太多的糖分。以後不能喝太多汽水吃太多糖呀。記住：『牙痛不是病，痛起來要命。』」

音節寶庫

ying

yīng yīng yīng yīng yīng
應、鶯、鸚、櫻、鷹、
yíng yíng yíng yíng yìng
迎、螢、熒、贏、應、
yìng
映

聆聽錄音

huáng yīng yǎn chàng huì

黃鶯演唱會

huáng yīng xiǎo jie yào jǔ xíng dú chàng yīn yuè huì　　lín zhōng de fēi
黃　鶯　小　姐　要　舉　行　獨　唱　音　樂　會，林　中　的　飛

qín zǒu shòu dōu yìng yāo lái cān jiā　　lián píng shí yàng zi hěn xiōng de tū
禽　走　獸　都　應　邀　來　參　加，連　平　時　樣　子　很　兇　的　禿

yīng yě lái le　　tā shuō　　huáng yīng xiǎo jie kāi yǎn chàng huì　　wǒ yīng
鷹　也　來　了，他　說：「黃　鶯　小　姐　開　演　唱　會，我　應

gāi lái pěng chǎng de
該　來　捧　場　的。」

　　yíng huǒ chóng men lái tí gōng zhào míng shè bèi　　tā men chéng qún jù
　　螢　火　蟲　們　來　提　供　照　明　設　備。他　們　成　羣　聚

jí zài gāo gāo de yīng huā shù zhī shang　　yòng lì fā chū yíng yíng lǜ guāng
集　在　高　高　的　櫻　花　樹　枝　上，用　力　發　出　熒　熒　綠　光，

bǎ huì chǎng yìng zhào de hěn liàng
把　會　場　映　照　得　很　亮。

鸚鵡站在會場門口接待，不停地叫喚着：
「歡迎光臨！」
光彩照人的黃鶯小姐出場了，她的歌聲美妙動聽，贏得了聽眾熱烈的掌聲。她說，演唱會開得這麼順利，這麼成功，多虧朋友們的合力幫助，她衷心感謝大家的支持。

53

音節寶庫

yong

聆聽錄音

yōng yǒng yǒng yǒng yǒng
臃、泳、詠、勇、湧、
yǒng yǒng yǒng yòng
踴、永、愿、用

jiàn shēn jiǎn féi
健身減肥

劉伯人到中年發福了，身材變得臃腫，體
重增加，他便去參加一個健身減肥班。

教練教學員用很多辦法減肥：食療、瑜伽、
健身操等，還有歌詠和大笑也是減肥的方法。教
練又建議他們學游泳，學員們都踴躍報名。

劉伯學會了游泳，勇氣倍增，有天就跟着
朋友到水潭去游。朋友們慫愿

liú bó hé tā men yì qǐ tiào shuǐ shéi zhī tā yí gè dào zāi cōng tiào xià
劉伯和他們一起跳水，誰知他一個倒栽蔥跳下

qu tóu dǐng pèng dào le shí tou zhuàng de hūn chén chén shí tán shuǐ yǒng
去，頭頂碰到了石頭，撞得昏沉沉時，潭水湧

lái jī hū bǎ tā yē sǐ péng you bǎ tā jiù le qǐ lai cóng cǐ tā
來幾乎把他噎死。朋友把他救了起來，從此他

yòu biàn de pà shuǐ fā shì yǒng yuǎn bú zài xià shuǐ le
又變得怕水，發誓永遠不再下水了。

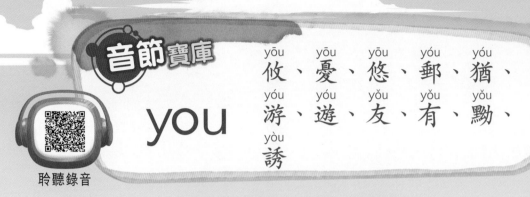

音節寶庫

聆聽錄音

you

yōu　yōu　yōu　yóu　yóu
攸、憂、悠、郵、猶、

yóu　yóu　yóu　yǒu　yǒu
游、遊、友、有、黝、

yòu
誘

yóu　lún　tuō　xiǎn
郵輪脫險

yì sōu yóu lún zài gōng hǎi shang xíng shǐ　chuán shang de yóu kè shì
一艘郵輪在公海上行駛，船上的遊客是

cóng shì jiè gè dì lái de　　　yǒu bái pí fū de ōu zhōu rén　huáng pí fū
從世界各地來的，有白皮膚的歐洲人、黃皮膚

de yà zhōu rén hé yǒu hēi de fēi zhōu rén　　dà jiā dōu fàng sōng shēn xīn
的亞洲人和黝黑的非洲人。大家都放鬆身心

qián lái yōu xián de dù jià　　yǒu de zài jiǎ bǎn sàn bù　　yǒu de zài yóu
前來悠閒地度假，有的在甲板散步，有的在游

yǒng　　yǒu xiē yǐ jing chéng le péng you
泳，有些已經成了朋友。

hū rán　　　yì zhī hǎi dào chuán kào jìn le tā men　　yì qún hǎi dào
忽然，一隻海盜船靠近了他們，一羣海盜

tiào shang yóu lún qián rù jià shǐ shì　　wēi xié lì yòu chuán zhǎng yào tīng cóng
跳上郵輪潛入駕駛室，威脅利誘船長要聽從

他們的命令，搶劫所有的遊客。船長為乘客的安全擔憂，猶豫着在這生死攸關的時刻如何擺脫他們。

機警的發報員已經偷偷向國際海警發出了求救信號。在船長盡量拖延時間的時候，救援者迅速趕到，把海盜們一網打盡！

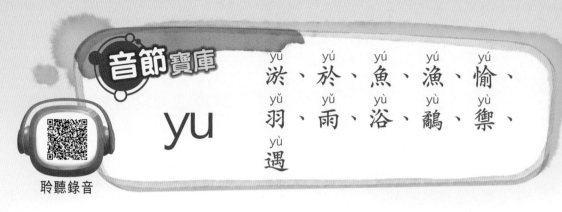

音節寶庫

yu

聆聽錄音

yu yú yú yú yú
淤、於、魚、漁、愉、
yǔ yǔ yù yù yù
羽、雨、浴、鷸、禦、
yù
遇

yù bàng xiāng zhēng
鷸蚌相爭

yǔ guò tiān qíng　　yáng guāng càn làn　　　yì tiáo xiǎo hé li　　yú
雨過天晴，陽光燦爛。一條小河裏，魚

xiā zài shuǐ zhōng xī xì　　màn cháng de yǔ jì guò qu le　　dà jiā de xīn
蝦在水中嬉戲，漫長的雨季過去了，大家的心

qíng dōu hěn yú kuài
情都很愉快。

yì zhī cháng tuǐ yù yě zài shuǐ zhōng mù yù le yì fān　　xǐ qù
一隻長腿鷸也在水中沐浴了一番，洗去

le yǔ máo shang de yū ní　　shàng àn hòu tā zhāng kāi shuāng yì dǒu luò le
了羽毛上的淤泥。上岸後牠張開雙翼抖落了

shēn shang de shuǐ zhū　　jué de dù zi yǒu diǎn è le
身上的水珠，覺得肚子有點餓了。

yì zhī bàng jiàn dào yáng guāng zhè me hǎo　　pá shàng le hé tān　　jiàn
一隻蚌見到陽光這麼好，爬上了河灘，見

58

四下無人，舒展開兩片蚌殼曬太陽。

長腿鷸一見，心中大喜。悄悄走近蚌，用長嘴去啄食蚌肉。蚌遇到了敵人，馬上合攏蚌殼，把鷸的長嘴緊緊夾住不放，這是蚌抵禦外敵的做法。

鷸蚌互不相讓，卻被漁夫見到了，於是他毫不費力捉到了一隻鷸和一隻肥蚌。

音節寶庫

yuan

聆聽錄音

yuān yuán yuán yuán yuán
鴛、元、緣、園、員、

yuán yuán yuán yuàn yuàn
援、源、猿、怨、願

dòng wù yuán de mìng yùn
動物園的命運

xiǎo dòng wù yuán miàn lín guān bì de mìng yùn
小動物園面臨關閉的命運。

dà zhì fēi zhōu xiàng xiǎo zhì hú zhōng de yuān yāng dòng wù yuán
大至非洲象，小至湖中的鴛鴦，動物園

gòng yǒu bǎi duō zhī dòng wù shì yóu shí jǐ míng zhí yuán guǎn lǐ zhe jìn
共有百多隻動物，是由十幾名職員管理着。近

nián lái zhèng fǔ jiǎn shǎo le duì tā men de zhī yuán dòng wù yuán méi yǒu qí
年來政府減少了對他們的支援，動物園沒有其

tā shōu rù lái yuán yuè yuè rù bu fū chū yǎn kàn dòng wù men jiù yào
他收入來源，月月入不敷出，眼看動物們就要

duàn liáng le
斷糧了。

yuán zhǎng bào yuàn zì jǐ de yùn qi bù hǎo lián lèi le dòng wù
園長抱怨自己的運氣不好，連累了動物

們，但願有奇跡出現改變現況。

有一位慈善家來參觀，聽說了動物園的命運後不勝感歎。這時，籠中的一頭黑猿忽然走近欄杆，直望着慈善家溫柔地低聲叫着，好像在向他傾訴什麼。慈善家被感動了，覺得自己與這些動物有緣，便決定每年資助二十萬美元，支持園長繼續辦下去。

音節寶庫

yue

yuē yuè yuè yuè yuè
約、月、樂、悅、閱、
yuè yuè yuè
越、躍、岳

聆聽錄音

lǎo rén yuè duì
老人樂隊

zhè zhī lǎo rén yuè duì yuè lái yuè chū míng le
這支老人樂隊越來越出名了。

tā de zǔ zhī zhě shì yí wèi xìng zēng de zhōng nián rén　 yǒu yì
它的組織者是一位姓曾的中年人。有一

tiān 　 tā zài jiā li tīng dào lǎo yuè fù zài lā xiǎo tí qín 　 qín shēng yuè
天，他在家裏聽到老岳父在拉小提琴，琴聲悅

ěr dòng tīng 　 jīn bu zhù gǔ zhǎng jiào hǎo
耳動聽，禁不住鼓掌叫好。

yuè fù shuō 　 tā hé yì xiē tóng líng tuì xiū péng you cháng yuē zài
岳父説，他和一些同齡退休朋友常約在

yì qǐ yǎn zòu yuè qì wán
一起演奏樂器玩。

zēng shēng líng jī yí dòng 　 jiàn yì shuō 　　　 nǐ men wèi shén me bù
曾生靈機一動，建議説：「你們為什麼不

zǔ zhī yí gè yuè duì ne
組織一個樂隊呢？」

　　guǒ zhēn chéng lì le zhè ge liù rén lǎo rén yuè duì　píng jūn nián líng
　　果真成立了這個六人老人樂隊，平均年齡
liù shí bā suì　měi yuè pái liàn sì cì　yǐ guǎn xián yuè yǎn zòu zhōng wài
六十八歲，每月排練四次，以管弦樂演奏中外
gǔ diǎn míng qǔ　tā men yuè lì guǎng　duì yuè qǔ de lǐng wù shēn　yǎn
古典名曲。他們閱歷廣，對樂曲的領悟深，演
zòu dòng rén xīn xián　dà shòu huān yíng　hěn duō lǎo rén zhōng xīn　jiǔ
奏動人心弦，大受歡迎。很多老人中心、酒
diàn　jiǔ bā dōu yāo qǐng tā men qù yǎn chū　tā men de yǎn zòu shuǐ píng
店、酒吧都邀請他們去演出，他們的演奏水平
yě yǒu le dà yuè jìn　hòu lái hái céng jīng chū guó yǎn chū ne
也有了大躍進，後來還曾經出國演出呢。

音節寶庫

yun

yūn　yún　yún　yún　yùn
暈、雲、勻、耘、運、

yùn　yùn　yùn
蘊、醞、孕

聆聽錄音

tǔ kuài de bēi míng
土塊的悲鳴

yì lián jǐ yuè méi xià yǔ　　tǔ dì guī liè
一連幾月沒下雨，土地龜裂。

xiǎo tǔ kuài āi shēng tàn qì　　ài　běn lái wǒ shì tián li de
小土塊唉聲歎氣：「唉，本來我是田裏的

féi wò tǔ rǎng　nóng mín zài wǒ shēnshang gēng yún bō zhǒng　qǔ dé hǎo shōu
肥沃土壤，農民在我身上耕耘播種，取得好收

chéng yǎng jiā huó kǒu　wǒ men wèi tǔ dì yùn yù zhe shēng jī　yùn cáng zhe
成養家活口。我們為土地孕育着生機，蘊藏着

huó lì　wèi nóng mín tí gōng shēng huó de xī wàng　dàn shì xiàn zài ne
活力，為農民提供生活的希望。但是現在呢，

zhè piàn tián chéng le huāng dì　méi yǒu shēng mìng de jì xiàng　wǒ yě chéng
這片田成了荒地，沒有生命的跡象，我也成

le fèi wù le
了廢物了！」

雲伯伯聽到了小土塊的悲鳴，飄過來安慰它說：「不要悲傷，萬物都在不斷運動，眼前的景象都是暫時的。你看，我們雲層在聚集，我被風吹得頭都暈了。天空中正在醞釀着新的變化啊。」

果然，一場大雨傾盆而下，均勻地濕潤着地面，大地又恢復了生氣。

一 請選出正確的拼音 ✔ ▲

1
- [ ] yā zi
- [ ] yàn zi

2
- [ ] yǎn jīng
- [ ] yǎn jìng

3
- [ ] mián yǎng
- [ ] mián yáng

4
- [ ] shù yè
- [ ] shù yě

二 請為以下的拼音標上正確的聲調 ˇ ˊ ˉ ˋ ▲

1 原來 yuan lái

2 音樂 yin yue

3 均勻 jūn yun

4 遙遠 yao yuan

| yǐ zi | jīn yú | yóu yǒng | yīng wǔ |

1

2

3

4

四 我會拼讀，我會寫

1 y + ao =

2 y + ing =

3 y + uan =

4 y + ue =

音節寶庫

聆聽錄音

zao

zāo	zǎo	zǎo	zǎo	zǎo
糟	早	棗	蚤	澡

zào	zào	zào	zào	zào
皂	造	燥	噪	躁

兔媽媽妙法除跳蚤
tù mā ma miào fǎ chú tiào zao

　　小兔星期天一早跟朋友們到郊外去玩，牠
xiǎo tù xīng qī tiān yī zǎo gēn péng you men dào jiāo wài qù wán　tā

們在草地上打滾，又爬樹摘棗吃，玩到下午才
men zài cǎo dì shang dǎ gǔn　yòu pá shù zhāi zǎo chī　wán dào xià wǔ cái

回家。
huí jiā

　　回到家，小兔就嚷着説渾身癢癢的，東抓
huí dào jiā　xiǎo tù jiù rǎng zhe shuō hún shēn yǎng yǎng de　dōng zhuā

西抓也沒用，煩躁得在屋裏跳來跳去，造成了
xī zhuā yě méi yòng　fán zào de zài wū li tiào lái tiào qù　zào chéng le

很大的噪音。兔媽媽把小兔抱過來，仔細一瞧，
hěn dà de zào yīn　tù mā ma bǎ xiǎo tù bào guò lai　zǐ xì yì qiáo

68

叫道：「糟了，你身上有很多跳蚤！」

小兔急得哭了：「那怎麼辦哪？」

「不要緊，我有辦法。」兔媽媽用熱水和肥皂給小兔仔細洗了澡，塗上一層藥油和防燥霜，再用吹風筒吹乾了小兔全身。小兔頓時覺得渾身舒坦，摟着媽媽說：「謝謝媽媽！」

音節寶庫

zha

zhā	zhā	zhá	zhá	zhǎ
喳	楂	閘	炸	眨

zhà	zhà	zhà
榨	炸	柵

聆聽錄音

外公外婆來我家
wài gōng wài pó lái wǒ jiā

喜鵲喳喳叫，好事就來到。俗話說得真準，
xǐ què zhā zhā jiào　hǎo shì jiù lái dào　sú huà shuō de zhēn zhǔn

喜鵲一叫，外公外婆就來作客了。
xǐ què yí jiào　wài gōng wài pó jiù lái zuò kè le

外婆帶來新鮮的山楂果、炸糕和鮮榨果
wài pó dài lái xīn xian de shān zhā guǒ　zhá gāo hé xiān zhà guǒ

汁，這些都是我最愛吃的，外婆真愛我呀！
zhī　zhè xiē dōu shì wǒ zuì ài chī de　wài pó zhēn ài wǒ ya

媽媽想吃外婆包的餃子。
mā ma xiǎng chī wài pó bāo de jiǎo zi

外婆馬上和麵拌餡，一眨眼
wài pó mǎ shàng huó miàn bàn xiàn　yì zhǎ yǎn

的功夫，一盤盤餃子就包好
de gōng fu　yì pán pán jiǎo zi jiù bāo hǎo

了，煮熟了吃，鮮美無比。
le　zhǔ shú le chī　xiān měi wú bǐ

外公是個能手巧匠，他修好了我家的電閘和大門口的柵欄，還把外露的電線都包紮好，媽媽高興得合不攏嘴。

媽媽給外公泡茶，不料沸水一沖，杯子就炸了，差點燙了媽媽的手。外公說，玻璃杯不安全，還是用瓷杯好。

外公外婆總是給我們帶來很多快樂。

71

音節寶庫

zhan

zhān zhān zhān zhǎn zhǎn
沾、氈、黏、嶄、輾、

zhǎn zhàn zhàn zhàn zhàn
盞、戰、蘸、湛、站

聆聽錄音

xiǎo xióng guò shēng rì
小熊過生日

míng tiān shì xiǎo xióng de shēng rì　　tā zài chuáng shang zhǎn zhuǎn fǎn
明天是小熊的生日，他在牀上輾轉反

cè　　cāi cè zhè cì bà mā huì sòng tā shén me lǐ wù
側，猜測這次爸媽會送他什麼禮物？

　dì èr tiān　　tiān kōng zhàn lán　　yáng guāng míng mèi　xióng mā ma
　第二天，天空湛藍，陽光明媚。熊媽媽

zài mén kǒu guà le yì zhǎn hóng dēng long biǎo shì zhù hè
在門口掛了一盞紅燈籠表示祝賀。

　chuī miè le shēng rì dàn gāo shang de là zhú zhī hòu　　bà mā ná
　吹滅了生日蛋糕上的蠟燭之後，爸媽拿

chū le lǐ wù　　　mā ma gěi xiǎo xióng zhǔn bèi le yí tào zhǎn xīn de yùn
出了禮物——媽媽給小熊準備了一套嶄新的運

dòng fú hé yí guàn tā xīn ài de mì táng　　bà ba sòng gěi tā yí jià yáo
動服和一罐他心愛的蜜糖，爸爸送給他一架遙

kòng zhàn dòu jī
控戰鬥機。

小熊迫不及待地站在桌子旁吃了起來，熊
爸爸說他也要來沾點光，用麵包蘸着蜜糖吃。
父子倆吃得狼吞虎咽的，黏糊糊的蜜糖黏在他們
的嘴上臉上，又掉在地上，弄髒了地氈，媽媽
很生氣，沒收了蜜糖，不讓小熊父子倆再吃！

音節寶庫

zhang

zhāng zhāng zhāng zhǎng zhǎng
張、樟、蟑、長、掌、
zhàng zhàng zhàng zhàng zhàng
丈、瘴、帳、漲、脹

聆聽錄音

yǒu yòng de dà zhāng shù
有用的大樟樹

幾個年青人來森林露營，在地上鋪了張
jǐ gè nián qīng rén lái sēn lín lù yíng zài dì shang pū le zhāng

厚毯，搭起帳篷過夜。
hòu tǎn dā qi zhàng péng guò yè

第二天早上，他們個個頭昏腦漲、肚子發
dì èr tiān zǎo shang tā men gè gè tóu hūn nǎo zhàng dǔ zi fā

脹，手掌發麻。他們跑出十幾丈遠，來到一
zhàng shǒu zhǎng fā má tā men pǎo chū shí jǐ zhàng yuǎn lái dào yì

棵大樹下，聞到樹上發出的一股奇香，精神一
kē dà shù xià wén dào shù shang fā chū de yì gǔ qí xiāng jīng shén yí

振，不舒服的感覺全沒了。
zhèn bù shū fu de gǎn jué quán méi le

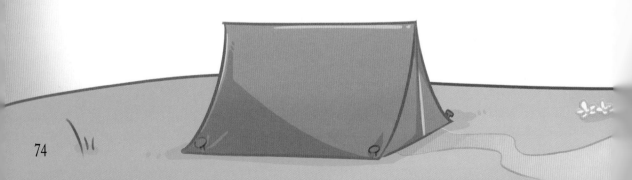

這時，剛好來了一個樵夫，青年們就把這情況告訴他，問他是怎麼回事。

樵夫說：「你們昨晚露營的地方太濕熱，瘴氣太重；而這棵長了近百年的大樟樹，它全身散發香氣，人聞了有醒腦的作用，而且它還能做家具，也是製防蟲劑的好材料。」

一個年青人說：「對了，我家衣櫃裏防蟑螂的樟腦丸就是用它來做的呀！」

大家對大樟樹肅然起敬。

音節寶庫

zhao

zhāo	zhāo	zhǎo	zhǎo	zhǎo
昭、	朝、	爪、	找、	沼、

zhào	zhào	zhào	zhào	zhào
兆、	照、	罩、	肇、	召、

zhào
詔

聆聽錄音

yán chéng zhào shì zhě
嚴懲肇事者

duō kuī shī wáng de hǎo lǐng dǎo　　sēn lín li　dà xiǎo dòng wù hé píng
多虧獅王的好領導，森林裏大小動物和平

xiāng chǔ　　yí xiàng tài píng wú shì
相處，一向太平無事。

　　kě shì　　yì tiān zǎo shang　　lù mā ma lái kū sù shuō　　zuó wǎn
可是，一天早上，鹿媽媽來哭訴說，昨晚

jiā zhōng chū le shì　　dà ér bèi yǎo shāng　xiǎo ér bú jiàn le
家中出了事，大兒被咬傷，小兒不見了。

　　shī wáng dà nù　　mǎ shàng zhào jiàn dà chén　　fā xià zhào shū
獅王大怒，馬上召見大臣，發下詔書，

yào yán chéng zhào shì zhě
要嚴懲肇事者。

鹿家的不幸事件傳開了。貓頭鷹說，前幾天半夜林中出現奇異的紅光，照亮半片天，這是凶兆，今天果然出事。林中籠罩着一片恐怖氣氛。

偵查者循着血跡追蹤，在沼澤地裏找到小鹿的屍體和兩頭正在熟睡的豪豬，那是鄰近森林中惡名昭著的霸王和牠的爪牙，牠們立刻被就地正法。消除了禍害，森林又恢復了朝氣。

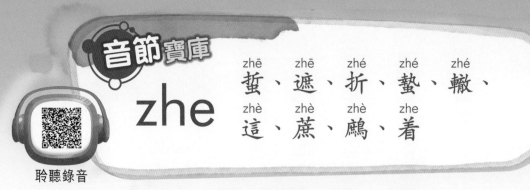

音節寶庫

zhe

zhē zhē zhé zhé zhé
蜇、遮、折、蟄、轍、

zhè zhè zhè zhe
這、蔗、鷓、着

聆聽錄音

zhè gū zhǎo shí wù
鷓鴣找食物

zhè shì yí piàn nóng mì de gān zhè tián　　chángcháng de yè zhē bì le
這是一片濃密的甘蔗田，長長的葉遮蔽了

yáng guāng　　dì xià shì kūn chóng de tiān táng
陽光，地下是昆蟲的天堂。

yì tiáo qiū yǐn yán zhe tián biān de chē zhé pá guo
一條蚯蚓沿着田邊的車轍爬過

lai　　zuān rù tǔ zhōng　　gān zhè shuō　　　　xiè xie qiū yǐn xiǎo
來，鑽入土中。甘蔗説：「謝謝蚯蚓小

dì bāngmángsōng tǔ　　　　wǒ hǎo shū fu a
弟幫忙鬆土，我好舒服啊！」

tū rán　　　　fēi lái le yì zhī zhè gū niǎo　　　　luò dào
突然，飛來了一隻鷓鴣鳥，落到

gān zhè gǎn xià　　　　zhuó shí tǔ zhōng de qiū yǐn
甘蔗稈下，啄食土中的蚯蚓。

gān zhè máng hǎn dào　　　　zhè gū xiōng　　　qǐng bié shāng
甘蔗忙喊道：「鷓鴣兄，請別傷

害蚯蚓小弟啊！」

鷓鴣猶疑了：「我的寶寶等着我拿食物
回去呀。」

甘蔗說：「那邊樹下有隻蠍子蟄居了
一個冬天，是你去捕捉的好機會，可是你
要小心，牠會用毒刺蜇你的。」

鷓鴣走了，不久牠折回來說：
「蠍子不在家，我還是去找些植物種
子吧。」

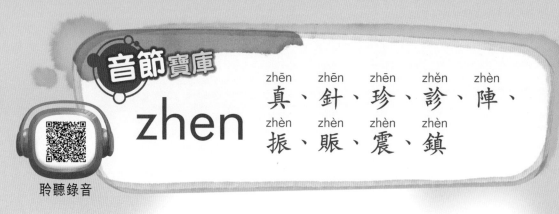

zhen

zhēn zhēn zhēn zhěn zhèn
真、針、珍、診、陣、
zhèn zhèn zhèn zhèn
振、賑、震、鎮

聆聽錄音

dì zhèn guò hòu
地震過後

sì chuān shěng nèi yòu fā shēng le yí cì dà dì zhèn　　dà zhèn zhī
四川省內又發生了一次大地震。大震之

hòu yí zhèn zhèn yú zhèn bú duàn　　hǎo jǐ gè xiǎo zhèn bèi yí wéi píng dì
後一陣陣餘震不斷，好幾個小鎮被夷為平地。

rén men jí zhe zài wǎ lì duī li wā zhǎo qīn rén　　yǒu gè liù suì
人們急着在瓦礫堆裏挖找親人，有個六歲

nán hái yòng shuāng shǒu wā le jǐ gè xiǎo shí jiù chu le mèi mei
男孩用雙手挖了幾個小時救出了妹妹。

zāi qíng qiān dòng le quán guó rén mín de xīn　　gè dì fēn fēn juān kuǎn
災情牽動了全國人民的心，各地紛紛捐款

zhèn zāi　　wǔ jǐng　　shì bīng　　yì gōng xùn sù gǎn qù jiù zāi　　dì yī
賑災，武警、士兵、義工迅速趕去救災。第一

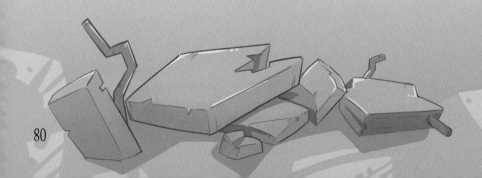

時間是救人，每當救出一名生還者，人心就大振。

醫務工作者搭起了臨時診所，為傷者包紮、打針、治療，甚至截肢……

士兵爭分奪秒打開被堵塞的山路，使救災物資源源送到需要的地方。

患難見真情，在患難中表現出來的勇敢堅強、團結互助的精神是最珍貴的。

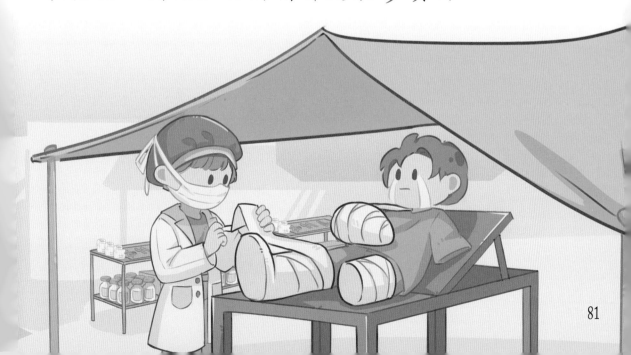

音節寶庫
聆聽錄音

zheng

zhēng zhēng zhēng zhēng zhēng
爭、掙、猙、睜、箏、
zhèng zhèng zhèng zhèng
正、證、怔、鄭

fàng fēng zheng
放風箏

gē ge hé wǒ qù shān hòu fàng fēng zheng
哥哥和我去山後放風箏。

wǒ men bǎ shǒu zhì de hóu liǎn fēng zheng zhèng zhòng qí shì de sòng
我們把手製的猴臉風箏鄭重其事地送

shàng le tiān kōng zhōng yě yǒu jǐ zhī xiǎo fēngzheng zài fēi wǔ
上了天，空中也有幾隻小風箏在飛舞。

hóu liǎn fēng zheng shàng xià zhēng zhá le yí zhèn màn màn shēng gāo
猴臉風箏上下掙扎了一陣，慢慢升高。

wǒ zhèng zài gāo xìng shí kōng zhōng chū xiàn le yì zhī miàn mù zhēng níng de
我正在高興時，空中出現了一隻面目猙獰的

tū yīng fēngzheng tā shēng de hěn gāo shèng qì líng rén
禿鷹風箏，它升得很高，盛氣凌人。

82

<ruby>忽<rt>hū</rt></ruby><ruby>然<rt>rán</rt></ruby>，<ruby>猴<rt>hóu</rt></ruby><ruby>臉<rt>liǎn</rt></ruby><ruby>風<rt>fēng</rt></ruby><ruby>箏<rt>zheng</rt></ruby><ruby>斷<rt>duàn</rt></ruby><ruby>了<rt>le</rt></ruby><ruby>線<rt>xiàn</rt></ruby>，<ruby>我<rt>wǒ</rt></ruby><ruby>們<rt>men</rt></ruby><ruby>眼<rt>yǎn</rt></ruby><ruby>睜<rt>zhēng</rt></ruby><ruby>睜<rt>zhēng</rt></ruby><ruby>地<rt>de</rt></ruby><ruby>看<rt>kàn</rt></ruby><ruby>着<rt>zhe</rt></ruby><ruby>它<rt>tā</rt></ruby><ruby>倒<rt>dào</rt></ruby><ruby>栽<rt>zāi</rt></ruby><ruby>葱<rt>cōng</rt></ruby><ruby>跌<rt>diē</rt></ruby><ruby>下<rt>xia</rt></ruby><ruby>來<rt>lai</rt></ruby>。<ruby>哥<rt>gē</rt></ruby><ruby>哥<rt>ge</rt></ruby><ruby>一<rt>yí</rt></ruby><ruby>看<rt>kàn</rt></ruby><ruby>斷<rt>duàn</rt></ruby><ruby>線<rt>xiàn</rt></ruby>，<ruby>説<rt>shuō</rt></ruby><ruby>是<rt>shì</rt></ruby><ruby>被<rt>bèi</rt></ruby><ruby>玻<rt>bō</rt></ruby><ruby>璃<rt>li</rt></ruby><ruby>繩<rt>shéng</rt></ruby><ruby>割<rt>gē</rt></ruby><ruby>斷<rt>duàn</rt></ruby><ruby>的<rt>de</rt></ruby>。<ruby>隨<rt>suí</rt></ruby><ruby>即<rt>jí</rt></ruby>，<ruby>也<rt>yě</rt></ruby><ruby>有<rt>yǒu</rt></ruby><ruby>幾<rt>jǐ</rt></ruby><ruby>隻<rt>zhī</rt></ruby><ruby>小<rt>xiǎo</rt></ruby><ruby>風<rt>fēng</rt></ruby><ruby>箏<rt>zheng</rt></ruby><ruby>栽<rt>zāi</rt></ruby><ruby>倒<rt>dǎo</rt></ruby><ruby>下<rt>xià</rt></ruby><ruby>地<rt>dì</rt></ruby>。<ruby>空<rt>kōng</rt></ruby><ruby>中<rt>zhōng</rt></ruby><ruby>只<rt>zhǐ</rt></ruby><ruby>剩<rt>shèng</rt></ruby><ruby>下<rt>xià</rt></ruby><ruby>那<rt>nà</rt></ruby><ruby>隻<rt>zhī</rt></ruby><ruby>張<rt>zhāng</rt></ruby><ruby>牙<rt>yá</rt></ruby><ruby>舞<rt>wǔ</rt></ruby><ruby>爪<rt>zhǎo</rt></ruby><ruby>的<rt>de</rt></ruby><ruby>禿<rt>tū</rt></ruby><ruby>鷹<rt>yīng</rt></ruby><ruby>風<rt>fēng</rt></ruby><ruby>箏<rt>zheng</rt></ruby>。

<ruby>我<rt>wǒ</rt></ruby><ruby>們<rt>men</rt></ruby><ruby>都<rt>dōu</rt></ruby><ruby>看<rt>kàn</rt></ruby><ruby>得<rt>de</rt></ruby><ruby>怔<rt>zhèng</rt></ruby><ruby>怔<rt>zhèng</rt></ruby><ruby>的<rt>de</rt></ruby>。<ruby>有<rt>yǒu</rt></ruby><ruby>人<rt>rén</rt></ruby><ruby>氣<rt>qì</rt></ruby><ruby>憤<rt>fèn</rt></ruby><ruby>地<rt>de</rt></ruby><ruby>説<rt>shuō</rt></ruby>：「<ruby>就<rt>jiù</rt></ruby><ruby>是<rt>shì</rt></ruby><ruby>那<rt>nà</rt></ruby><ruby>隻<rt>zhī</rt></ruby><ruby>大<rt>dà</rt></ruby><ruby>風<rt>fēng</rt></ruby><ruby>箏<rt>zheng</rt></ruby><ruby>割<rt>gē</rt></ruby><ruby>斷<rt>duàn</rt></ruby><ruby>了<rt>le</rt></ruby><ruby>我<rt>wǒ</rt></ruby><ruby>們<rt>men</rt></ruby><ruby>的<rt>de</rt></ruby><ruby>繩<rt>shéng</rt></ruby><ruby>子<rt>zi</rt></ruby>。」<ruby>哥<rt>gē</rt></ruby><ruby>哥<rt>ge</rt></ruby><ruby>説<rt>shuō</rt></ruby>：「<ruby>沒<rt>méi</rt></ruby><ruby>有<rt>yǒu</rt></ruby><ruby>證<rt>zhèng</rt></ruby><ruby>據<rt>jù</rt></ruby><ruby>呀<rt>ya</rt></ruby>，<ruby>和<rt>hé</rt></ruby><ruby>他<rt>tā</rt></ruby><ruby>爭<rt>zhēng</rt></ruby><ruby>辯<rt>biàn</rt></ruby><ruby>也<rt>yě</rt></ruby><ruby>沒<rt>méi</rt></ruby><ruby>用<rt>yòng</rt></ruby><ruby>的<rt>de</rt></ruby>，<ruby>只<rt>zhǐ</rt></ruby><ruby>好<rt>hǎo</rt></ruby><ruby>自<rt>zì</rt></ruby><ruby>認<rt>rèn</rt></ruby><ruby>倒<rt>dǎo</rt></ruby><ruby>霉<rt>méi</rt></ruby><ruby>吧<rt>ba</rt></ruby>。」

音節寶庫

zhi

聆聽錄音

zhī zhī zhī zhī zhí
隻、知、蜘、織、侄、

zhǐ zhǐ zhǐ zhǐ zhì
只、旨、指、止、摯、

zhì
智

zhī zhū jiù xiǎo zhū
蜘蛛救小豬

nóng chǎng li yǎng zhe hǎo jǐ zhī zhū jīn tiān nóng chǎng zhǔ rén hé
農場裏養着好幾隻豬。今天農場主人和

tā de zhí ér lái tiāo xuǎn fā xiàn xiǎo zhū lì lì zhǎng de hěn féi le
他的侄兒來挑選，發現小豬利利長得很肥了。

tā zhǐ zhe lì lì duì zhí ér shuō míng tiān jiù bǎ lì lì mài diào
他指着利利對侄兒説：「明天就把利利賣掉

ba
吧。」

lì lì hěn shāng xīn dàn tā zhǐ shì liú lèi
利利很傷心，但牠只是流淚

bù zhǐ méi bié de bàn fǎ
不止，沒別的辦法。

牆上的蜘蛛知道了這件事，安慰牠說：「不要哭，我來想想辦法。」

蜘蛛用了一個晚上的時間織出了一張大網，上面寫着「利利是頭好豬」。

第二天一早，農場主人來到豬圈，看到了蛛網上的字，大吃一驚，心想：這難道是神的旨意，要我別賣掉利利？他就改變了主意，留下了利利。

蜘蛛用牠的智慧救了小豬，牠們成了摯愛的好友。

音節寶庫

聆聽錄音

zhong

zhōng zhōng zhōng zhōng zhōng
中、衷、忠、鍾、終、
zhǒng zhǒng zhǒng zhòng zhòng
種、腫、踵、中、種、
zhòng
重

fù qin de quàn gào
父親的勸告

　　lǎo nóng fū zài tián li xīn qín gēng zuò le yì shēng nián jì dà le
　　老農夫在田裏辛勤耕作了一生，年紀大了，
zhōng yú wú lì zài gàn huó le
終於無力再幹活了。

　　tā zhōng xīn xī wàng tā zhōng ài de ér zi néng jiē tā de bān jì
　　他衷心希望他鍾愛的兒子能接他的班，繼
xù zhòng tián kě shì ér zi bù kěn
續種田，可是兒子不肯。

　　lǎo nóng fū duì ér zi shuō nǐ kàn xiàn zài wǒ de liǎng gè xī
　　老農夫對兒子說：「你看，現在我的兩個膝
gài zhǒng zhàng jiǎo zhǒng yě wú bǐ téng tòng zǒu lù dōu chéng wèn tí zěn
蓋腫脹，腳踵也無比疼痛，走路都成問題，怎
me xià tián na
麼下田哪？」

ér zi shuō　　zhòng tián tài xīn kǔ　　wǒ bú gàn　　wǒ mǎi le
兒子説：「種田太辛苦，我不幹。我買了

hǎo jǐ zhāng cǎi piào　　zhǐ yào qí zhōng yǒu yì zhāng zhòng le jiǎng　　jiù
好幾張彩票，只要其中有一張中了獎，就

bù chóu chī hē le
不愁吃喝了。」

lǎo nóng fū　yǔ zhòng xīn cháng de quàn tā　　bié zuò bái rì
老農夫語重心長地勸他：「別做白日

mèng le　　tā tā shí shí zuò shì ba
夢了，踏踏實實做事吧。」

ér zi bù tīng fù qin de zhōng gào　　yí shì wú chéng　xìng
兒子不聽父親的忠告，一事無成。幸

hǎo　　tā zuì hòu hái shi huí dào tián li　　gēng dì　bō zhǒng　chú
好，他最後還是回到田裏，耕地、播種、除

cǎo　shōu huò　　　guò shàng ān wěn de rì zi
草、收穫……過上安穩的日子。

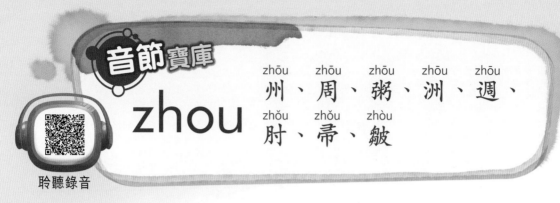

音節寶庫

zhou

州、周、粥、洲、週、
zhōu zhōu zhōu zhōu zhōu

肘、帚、皺
zhǒu zhǒu zhòu

聆聽錄音

好心的餐館老闆
hǎo xīn de cān guǎn lǎo bǎn

在一個亞洲國家的某個州，有個小餐館的
zài yí gè yà zhōu guó jiā de mǒu gè zhōu yǒu gè xiǎo cān guǎn de

老闆原本很窮，靠他自身的努力，闖出了一番
lǎo bǎn yuán běn hěn qióng kào tā zì shēn de nǔ lì chuǎng chū le yì fān

事業，生活境況漸漸好起來。
shì yè shēng huó jìng kuàng jiàn jiàn hǎo qǐ lai

他很同情窮苦人，尤其是一些捉襟見肘的
tā hěn tóng qíng qióng kǔ rén yóu qí shì yì xiē zhuō jīn xiàn zhǒu de

老人。常常有些滿臉皺紋的老人來餐館，只買
lǎo rén cháng cháng yǒu xiē mǎn liǎn zhòu wén de lǎo rén lái cān guǎn zhǐ mǎi

一碗最便宜的粥吃，有些人吃完後，身邊的錢
yì wǎn zuì pián yi de zhōu chī yǒu xiē rén chī wán hòu shēn biān de qián

還不夠付賬。
hái bú gòu fù zhàng

於是老闆每天煮一大鍋菜粥，免費招待老
yú shì lǎo bǎn měi tiān zhǔ yí dà guō cài zhōu miǎn fèi zhāo dài lǎo

人家享用。來喝粥的老人很多，他們感謝老闆的好心，常常在喝粥之後拿起掃帚幫他清潔餐館。可是，後來老闆的資金周轉不來，便改為每週三次。居民們知道了這件事都很感動，主動捐款幫他把這件善事繼續辦下去。

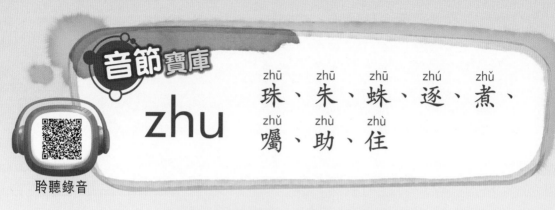

音節寶庫

zhu

<ruby>珠<rt>zhū</rt></ruby>、<ruby>朱<rt>zhū</rt></ruby>、<ruby>蛛<rt>zhū</rt></ruby>、<ruby>逐<rt>zhú</rt></ruby>、<ruby>煮<rt>zhǔ</rt></ruby>、

<ruby>囑<rt>zhǔ</rt></ruby>、<ruby>助<rt>zhù</rt></ruby>、<ruby>住<rt>zhù</rt></ruby>

聆聽錄音

<ruby>蚌<rt>bàng</rt></ruby> <ruby>殼<rt>ké</rt></ruby> <ruby>姑<rt>gū</rt></ruby> <ruby>娘<rt>niang</rt></ruby>

<ruby>有<rt>yǒu</rt></ruby> <ruby>個<rt>gè</rt></ruby> <ruby>姓<rt>xìng</rt></ruby> <ruby>朱<rt>zhū</rt></ruby> <ruby>的<rt>de</rt></ruby> <ruby>漁<rt>yú</rt></ruby> <ruby>夫<rt>fū</rt></ruby>，<ruby>撈<rt>lāo</rt></ruby> <ruby>到<rt>dào</rt></ruby> <ruby>一<rt>yì</rt></ruby> <ruby>隻<rt>zhī</rt></ruby> <ruby>很<rt>hěn</rt></ruby> <ruby>漂<rt>piào</rt></ruby> <ruby>亮<rt>liang</rt></ruby> <ruby>的<rt>de</rt></ruby> <ruby>蚌<rt>bàng</rt></ruby>，<ruby>捨<rt>shě</rt></ruby> <ruby>不<rt>bu</rt></ruby> <ruby>得<rt>dé</rt></ruby> <ruby>賣<rt>mài</rt></ruby> <ruby>掉<rt>diào</rt></ruby>，<ruby>放<rt>fàng</rt></ruby> <ruby>在<rt>zài</rt></ruby> <ruby>家<rt>jiā</rt></ruby> <ruby>中<rt>zhōng</rt></ruby>。

<ruby>他<rt>tā</rt></ruby> <ruby>的<rt>de</rt></ruby> <ruby>住<rt>zhù</rt></ruby> <ruby>房<rt>fáng</rt></ruby> <ruby>本<rt>běn</rt></ruby> <ruby>來<rt>lái</rt></ruby> <ruby>雜<rt>zá</rt></ruby> <ruby>亂<rt>luàn</rt></ruby> <ruby>無<rt>wú</rt></ruby> <ruby>章<rt>zhāng</rt></ruby>，<ruby>布<rt>bù</rt></ruby> <ruby>滿<rt>mǎn</rt></ruby> <ruby>蛛<rt>zhū</rt></ruby> <ruby>網<rt>wǎng</rt></ruby>。<ruby>但<rt>dàn</rt></ruby> <ruby>是<rt>shì</rt></ruby> <ruby>第<rt>dì</rt></ruby> <ruby>二<rt>èr</rt></ruby> <ruby>天<rt>tiān</rt></ruby> <ruby>回<rt>huí</rt></ruby> <ruby>到<rt>dào</rt></ruby> <ruby>家<rt>jiā</rt></ruby> <ruby>裏<rt>li</rt></ruby>，<ruby>屋<rt>wū</rt></ruby> <ruby>子<rt>zi</rt></ruby> <ruby>被<rt>bèi</rt></ruby> <ruby>收<rt>shōu</rt></ruby> <ruby>拾<rt>shi</rt></ruby> <ruby>得<rt>de</rt></ruby> <ruby>很<rt>hěn</rt></ruby> <ruby>乾<rt>gān</rt></ruby> <ruby>淨<rt>jing</rt></ruby>，<ruby>桌<rt>zhuō</rt></ruby> <ruby>上<rt>shang</rt></ruby> <ruby>還<rt>hái</rt></ruby> <ruby>擺<rt>bǎi</rt></ruby> <ruby>着<rt>zhe</rt></ruby> <ruby>煮<rt>zhǔ</rt></ruby> <ruby>好<rt>hǎo</rt></ruby> <ruby>的<rt>de</rt></ruby> <ruby>飯<rt>fàn</rt></ruby> <ruby>菜<rt>cài</rt></ruby>。<ruby>他<rt>tā</rt></ruby> <ruby>驚<rt>jīng</rt></ruby> <ruby>訝<rt>yà</rt></ruby> <ruby>極<rt>jí</rt></ruby> <ruby>了<rt>le</rt></ruby>，<ruby>不<rt>bù</rt></ruby> <ruby>知<rt>zhī</rt></ruby> <ruby>是<rt>shì</rt></ruby> <ruby>誰<rt>shéi</rt></ruby> <ruby>來<rt>lái</rt></ruby> <ruby>幫<rt>bāng</rt></ruby> <ruby>助<rt>zhù</rt></ruby> <ruby>他<rt>tā</rt></ruby> <ruby>的<rt>de</rt></ruby>。

<ruby>以<rt>yǐ</rt></ruby> <ruby>後<rt>hòu</rt></ruby> <ruby>天<rt>tiān</rt></ruby> <ruby>天<rt>tiān</rt></ruby> <ruby>如<rt>rú</rt></ruby> <ruby>此<rt>cǐ</rt></ruby>。<ruby>一<rt>yì</rt></ruby> <ruby>天<rt>tiān</rt></ruby>，<ruby>他<rt>tā</rt></ruby> <ruby>偷<rt>tōu</rt></ruby> <ruby>偷<rt>tōu</rt></ruby> <ruby>躲<rt>duǒ</rt></ruby> <ruby>在<rt>zài</rt></ruby> <ruby>窗<rt>chuāng</rt></ruby> <ruby>後<rt>hòu</rt></ruby> <ruby>看<rt>kàn</rt></ruby>。

只見從蚌殼裏出來一位美麗的姑娘，幫他做家務。姑娘告訴他，她是一位受了詛咒被放逐的公主，可以和他一起過日子，但是囑咐他要藏好蚌殼，不能給她看見。

他們有了一個兒子。有一天孩子從牀底下找到蚌殼，看見裏面有一顆珍珠，拿在手裏把玩。蚌殼姑娘進屋看見了蚌殼，不得不離開了他們。

拼音 遊樂場 4

練習內容涵蓋本書音節 zao 至 zhu
由第 68 頁至第 90 頁

一 將正確的音節和圖片連起來

xiǎo zhū	zhěn tou	shǒu zhǎng	zhàn pái

1

2

3

4

二 請為以下的拼音標上正確的聲調 ∨ ／ 一 ＼

1 早上　zao shang

2 爆炸　bao zha

3 朝陽　zhao yang

4 地震　di zhen

| shí zhōng | fēng zhēng | sān míng zhì | lóng zhōu |

1

2

3

4

四 我會拼讀，我會寫

1 z + ao =

2 zh + an =

3 zh + eng =

4 zh + ou =

聆聽錄音

yǎng wàng xīng kōng
仰望星空

晚飯後，我和爸爸照例到公園去散步，
wǎn fàn hòu　 wǒ hé bà ba zhào lì dào gōng yuán qù sàn bù
消除白晝的疲勞。
xiāo chú bái zhòu de pí láo

夕陽西下之後，天色漸漸黑了下來，夜
xī yáng xī xià zhī hòu　 tiān sè jiàn jiàn hēi le xià lai　 yè
霧籠罩着大地。於是，一顆顆星星開始在天
wù lǒng zhào zhe dà dì　 yú shì　 yì kē kē xīng xing kāi shǐ zài tiān
空出現，像是掛起了一盞盞天燈。先是閃爍
kòng chū xiàn　 xiàng shì guà qǐ le yì zhǎn zhǎn tiān dēng　 xiān shì shǎn shuò

着微弱的光芒，隨着天空越來越黑，它們也
就越來越明亮。漸漸能看出它們有些連成線
了，有些形成一個圖案了。

　　不知道什麼時候起，好像是一眨眼的功
夫，已是繁星滿天。仰望星空，只見大大小
小、明明暗暗的星羣擠在一起，好熱鬧啊！它
們好像是一羣頑皮的孩子，在羞怯地對你眨巴

着眼睛；好像是無數的螢火蟲，聚在一起開大會；又好像是灑在黑絨布上的一堆寶石，在爭相奪豔，想方設法要引起你的注意。

星空中段，橫貫着一條長長的飄逸的銀河，淡淡的雲層好像是為它披上一條雪白的紗巾。

爸爸是個天文愛好者，對星空如數家珍。他指着一顆顆星星告訴我這是什麼星，那是什麼星座；又講了牛郎織女和銀河的故事，以及希臘神話裏有關星座的傳說。這些動聽的故事令我神往。

等到旭日東升，早上來到，星空就會消失。但是，這麼美麗的景象我怎麼能忘記呀，它會永遠留在我的腦海裏。

一 請為以下的拼音標上正確的聲調　ˇ ／ 一 ヽ

1 溫暖　wen nuǎn

2 擁抱　yong bào

3 眨眼　zha yan

4 終於　zhong yu

二 看圖片，補全下面的拼音

1　（　）táo

2　shí（　）

3　（　）huā

4　líng（　）

| māo tóu yīng | bān mǎ xiàn | yuè liàng | bào zhǐ |

1

2

3

4

1 鳥窩
- ☐ niǎo wō
- ☐ niǎo wū

2 修理
- ☐ xiù lǐ
- ☐ xiū lǐ

3 許願
- ☐ xǔ yuàn
- ☐ xú yuàn

4 羽毛
- ☐ yún máo
- ☐ yǔ máo

答案

拼音遊樂場①

一、

1. wān dòu　2. wéi jīn　3. wén jù　4. wū guī

二、

1. wèi dào　2. wēn dù　3. wǒ men　4. wàng jì

三、

1. yè wǎn　2. wū yún　3. tiào wǔ　4. wán jù

四、

1. wan　2. wei　3. wo　4. wang

拼音遊樂場②

一、

1. tuō xié　2. xīng xing　3. xiǎo xī　4. wǔ jiǎo xīng

二、

1. xīn xiān　2. xiāng xìn　3. xiě zì　4. xìng fú

三、

1. xī guā　2. xiāng jiāo　3. dà xiàng　4. xiǎo māo

四、

1. xi　2. xian　3. xie　4. xiu

拼音遊樂場③

一、

1. yā zi　2. yǎn jīng　3. mián yáng　4. shù yè

二、

1. yuán lái　2. yīn yuè　3. jūn yún　4. yáo yuǎn

三、

1. yǐ zi　2. yīng wǔ　3. yóu yǒng　4. jīn yú

四、

1. yao　2. ying　3. yuan　4. yue

拼音遊樂場④

一、

1. zhàn pái　2. shǒu zhǎng　3. zhěn tou　4. xiǎo zhū

二、

1. zǎo shang　2. bào zhà　3. zhāo yáng　4. dì zhèn

三、

1. lóng zhōu　2. shí zhōng　3. fēng zhēng　4. sān míng zhì

四、

1. zao　2. zhan　3. zheng　4. zhou

綜合練習

一、

1. wēn nuǎn　2. yōng bào　3. zhǎ yǎn　4. zhōng yú

二、

1. yáng táo　2. shí yán　3. yān huā　4. líng yáng

三、

1. yuè liàng　2. bào zhǐ

3. māo tóu yīng　4. bān mǎ xiàn

四、

1. niǎo wō　2. xiū lǐ　3. xǔ yuàn　4. yǔ máo

1.	wan	wān 彎	wān 灣	wān 豌	wán 完	wán 玩	wán 頑	wǎn 晚	wǎn 碗	wǎn 婉	wàn 腕	
2.	wang	wāng 汪	wáng 亡	wǎng 網	wǎng 惘	wǎng 枉	wǎng 往	wàng 望	wàng 旺	wàng 忘	wàng 妄	
3.	wei	wēi 偎	wēi 薇	wéi 圍	wéi 惟	wěi 偽	wěi 尾	wèi 慰	wèi 為	wèi 味		
4.	wen	wēn 溫	wēn 瘟	wén 紋	wén 蚊	wén 聞	wěn 穩	wěn 吻	wèn 問			
5.	wo	wō 窩	wō 蝸	wō 萵	wō 喔	wǒ 我	wò 臥	wò 沃	wò 握	wò 齷		
6.	wu	wū 烏	wū 污	wū 誣	wū 巫	wū 屋	wù 霧	wù 惡	wù 物	wù 務		
7.	xi	xī 西	xī 夕	xī 犧	xī 吸	xī 蜥	xī 息	xī 溪	xī 犀	xī 嬉	xǐ 洗	xǐ 喜、 xì 戲
8.	xian	xiān 先	xiān 仙	xiān 掀	xiān 鮮	xián 鹹	xián 嫌	xiàn 現	xiàn 獻	xiàn 縣	xiàn 餡	
9.	xiang	xiāng 鄉	xiāng 香	xiāng 相	xiāng 箱	xiáng 翔	xiáng 祥	xiǎng 享	xiǎng 想	xiàng 向	xiàng 巷	xiàng 像
10.	xiao	xiāo 消	xiāo 削	xiāo 逍	xiāo 囂	xiǎo 小	xiǎo 曉	xiào 孝	xiào 效	xiào 嘯	xiào 哮	
11.	xie	xiē 些	xiē 歇	xiē 蠍	xié 邪	xié 脅	xié 斜	xiě 血	xiè 屑	xiè 械	xiè 蟹	

12.	xing	xīng 興	xīng 星	xīng 猩	xīng 惺	xīng 腥	xǐng 醒	xǐng 省	xìng 幸	xìng 悻	xìng 興	xìng 杏
13.	xiu	xiū 休	xiū 修	xiū 羞	xiǔ 朽	xiù 秀	xiù 袖	xiù 繡	xiù 嗅			
14.	xu	xū 吁	xū 需	xū 噓	xù 旭	xù 敍	xù 蓄	xù 酗	xù 緒	xù 婿	xù 絮	
15.	ya	yā 押	yā 壓	yā 椏	yā 鴨	yá 芽	yá 崖	yá 衙	yǎ 啞	yǎ 雅	ya 呀	
16.	yan	yān 淹	yān 懨	yán 嚴	yán 岩	yán 炎	yán 沿	yán 簷	yàn 豔	yàn 雁	yàn 燕	
17.	yang	yāng 央	yāng 秧	yāng 鴦	yáng 楊	yáng 揚	yáng 羊	yáng 洋	yáng 陽	yǎng 仰	yàng 漾	
18.	yao	yāo 妖	yāo 要	yāo 腰	yáo 遙	yáo 謠	yáo 窰	yǎo 杳	yǎo 咬	yào 要	yào 鑰	
19.	ye	yē 椰	yé 爺	yě 也	yě 野	yè 頁	yè 葉	yè 業	yè 夜	yè 液		
20.	yi	yī 一	yí 宜	yí 移	yí 咦	yǐ 已	yǐ 以	yǐ 蟻	yì 羿	yì 議	yì 熠	yì 異	yì 毅
21.	yin	yīn 因	yīn 茵	yīn 蔭	yín 吟	yín 齦	yǐn 引	yǐn 飲	yǐn 蚓	yǐn 隱	yǐn 癮	
22.	ying	yīng 應	yīng 鶯	yīng 鸚	yīng 櫻	yīng 鷹	yíng 迎	yíng 螢	yíng 熒	yíng 贏	yìng 應	yìng 映

附錄一：全書音節總匯

23.	yong	yōng 臃	yǒng 泳	yǒng 詠	yǒng 勇	yǒng 湧	yǒng 踴	yǒng 永	yǒng 恿	yòng 用	
24.	you	yōu 攸	yōu 憂	yōu 悠	yóu 郵	yóu 猶	yóu 游	yóu 遊	yǒu 友	yǒu 有	yǒu 黝	yòu 誘
25.	yu	yū 淤	yú 於	yú 魚	yú 漁	yú 愉	yǔ 羽	yǔ 雨	yù 浴	yù 鷸	yù 禦	yù 遇
26.	yuan	yuān 鴛	yuán 元	yuán 緣	yuán 園	yuán 員	yuán 援	yuán 源	yuán 猿	yuàn 怨	yuàn 願	
27.	yue	yuē 約	yuè 月	yuè 樂	yuè 悅	yuè 閱	yuè 越	yuè 躍	yuè 岳			
28.	yun	yūn 暈	yún 雲	yún 勻	yún 耘	yùn 運	yùn 蘊	yùn 醞	yùn 孕			
29.	zao	zāo 糟	zǎo 早	zǎo 棗	zǎo 蚤	zǎo 澡	zào 皂	zào 造	zào 燥	zào 噪	zào 躁	
30.	zha	zhā 喳	zhā 楂	zhá 閘	zhá 炸	zhǎ 眨	zhà 榨	zhà 炸	zhà 柵			
31.	zhan	zhān 沾	zhān 氈	zhān 黏	zhǎn 嶄	zhǎn 輾	zhǎn 盞	zhàn 戰	zhàn 蘸	zhàn 湛	zhàn 站	
32.	zhang	zhāng 張	zhāng 樟	zhāng 蟑	zhǎng 長	zhǎng 掌	zhàng 丈	zhàng 瘴	zhàng 帳	zhǎng 漲	zhàng 脹	
33.	zhao	zhāo 昭	zhāo 朝	zhǎo 爪	zhǎo 找	zhǎo 沼	zhào 兆	zhào 照	zhào 罩	zhào 肇	zhào 召	zhào 詔

34.	zhe	zhē zhē zhé zhé zhé zhè zhè zhè zhe
		蜇、遮、折、蟄、轍、這、蔗、鷓、着
35.	zhen	zhēn zhēn zhēn zhěn zhèn zhèn zhèn zhèn zhèn
		真、針、珍、診、陣、振、賑、震、鎮
36.	zheng	zhēng zhēng zhēng zhēng zhēng zhèng zhèng zhèng zhèng
		爭、掙、猙、睜、箏、正、證、怔、鄭
37.	zhi	zhī zhī zhī zhī zhí zhǐ zhǐ zhǐ zhǐ zhì zhì
		隻、知、蜘、織、侄、只、旨、指、止、摯、智
38.	zhong	zhōng zhōng zhōng zhōng zhōng zhǒng zhǒng zhǒng zhòng zhòng zhòng
		中、衷、忠、鍾、終、種、腫、踵、中、種、重
39.	zhou	zhōu zhōu zhōu zhōu zhōu zhǒu zhǒu zhòu
		州、周、粥、洲、週、肘、帚、皺
40.	zhu	zhū zhū zhū zhú zhǔ zhǔ zhù zhù
		珠、朱、蛛、逐、煮、囑、助、住

（紅色的聲母是本書學習的聲母）

b	p	m	f	d	t	n	l
玻	坡	摸	佛	德	特	呢	勒

g	k	h	j	q	x
哥	科	喝	基	期	希

zh	ch	sh	r	z	c	s
知	吃	詩	日	資	次	思

附錄三：**韻母表**

（紅色的韻母是本書學習的韻母）

		i	衣	u	烏	ü	迂
a	啊	ia	呀	ua	蛙		
o	喔			uo	窩		
e	鵝	ie	耶			üe	約
ai	哀			uai	歪		
ei	欸			uei	威		
ao	凹	iao	腰				
ou	歐	iou	憂				
an	安	ian	煙	uan	彎	üan	冤
en	恩	in	因	uen	溫	ün	暈
ang	昂	iang	央	uang	汪		
eng	亨的韻母	ing	英	ueng	翁		
ong	轟的韻母	iong	雍				

Aa	Bb	Cc	Dd	Ee	Ff	Gg
Hh	Ii	Jj	Kk	Ll	Mm	Nn
Oo	Pp	Qq	Rr	Ss	Tt	
Uu	Vv	Ww	Xx	Yy	Zz	

注：v 只用來拼寫外來語、少數民族語言和方言。

樂學普通話

趣味漢語拼音音節故事 ④
掉隊的大雁

作　　　者：宋詒瑞
插　　　圖：玉子燒
責任編輯：黃碧玲
美術設計：郭中文
出　　　版：新雅文化事業有限公司
　　　　　　香港英皇道499號北角工業大廈18樓
　　　　　　電話：(852)2138 7998
　　　　　　傳真：(852)2597 4003
　　　　　　網址：http://www.sunya.com.hk
　　　　　　電郵：marketing@sunya.com.hk
發　　　行：香港聯合書刊物流有限公司
　　　　　　香港荃灣德士古道220-248號荃灣工業中心16樓
　　　　　　電話：(852)2150 2100　　傳真：(852)2407 3062
　　　　　　電郵：info@suplogistics.com.hk
印　　　刷：中華商務彩色印刷有限公司
　　　　　　香港新界大埔汀麗路36號
版　　　次：二〇二三年五月初版

ISBN: 978-962-08-8186-2